그곳에서의 기억들을 다시 꺼내며 [디에디트]가 당신에게

디에디트 the edit

하경화, 이혜민 두 에디터가 차린 미디어.
디에디트 소속 에디터들이 사고, 먹고, 보고, 경험하고,
사랑하는 모든 것들을 소개한다.
웹사이트, 유튜브, 인스타그램, 페이스북 채널 운영 중.
웹사이트는 the-edit.co.kr

편집자의 말

1. 이 책은 포르투에서 쓴 글과, 한국에 돌아와서 쓴 글이 어우러져 있습니다.
   시제를 통일하는 것이 좋을까 고민했으나, 각각의 글맛과 매력을 해치는 것 같아
   수정하지 않았습니다.

2. 이 책은 두 사람이 함께 썼습니다. 하경화, 이혜민 두 저자의 원고가 규칙 없이
   자유로운 구성으로 들어가 있습니다. 제목 아래의 에디터 이름을 확인한 뒤
   각자의 목소리를 상상하며 읽으면 더욱 재미있을 거예요.

3. 이 여행은 2018년 5월 1일부터 5월 30일까지 한 달간 진행되었습니다.

Porto

어차피
일할 거라면

하경화, 이혜민 지음

Living in Europe for a month

출판사
포북

Contents

Good-bye, Porto
잘 있어, 사랑하게 되고야 만 도시

Editor H **하경화**

나이로는 첫째. 어쩌다 보니 IT 전문지에서 기자
생활을 하다가 운명처럼 전자 제품을 사모하게
됐다. 특히 애플의 물건을 좋아한다. 글 쓰는 것
빼고는 잘하는 게 별로 없다. 평생 글을 쓰며
살아왔는데, 어느 날 남아 있는 문장이 없음을
깨닫고 포르투로 떠나왔다. 포르투에서 맡은 일은
아침밥 차리기, 점심밥 차리기, 저녁밥 차리기.
하루에 한 병씩 와인을 마시고 글은 한 줄씩 썼다고
한다. 애정이 많고 마음이 약한 사람이다. 자주 화를
내지만 당신이 미워서 그런 게 아니다.

나이로는 둘째. 어린 시절부터 잡지 에디터를 꿈꾸다 패션지의 세계에 발을 담그게 되고, 취향을 무럭무럭 키워 노랑머리가 어울리는 어른이 된다. 질 좋은 잠옷과 딱 두 모금의 위스키, 혼자만의 시간을 사랑한다. 남의 말에 귀 기울이지 않는 무심한 성격이지만 나쁜 애는 아니다. 가장 먼저 일어나서 흐트러진 집 안을 척척 정리하고, 그날의 계획을 세운다. 무슨 일을 해도 10년 차 베테랑처럼 보이는 멋스러운 사람이기도 하다.

포르투로 출발하기 전 들뜬 마음에 머리를 핑크 컬러로 염색했더라. 멋진 핑크 헤어는 포르투에 도착하기 무섭게 신기루처럼 사라져 버렸지만, 에디터M을 잘 표현해 줌은 분명하다. 주책맞은 건 질색이라고 하면서 핑크 헤어에 도전하는 아이러니한 사람.

그리고…

Editor G 김기은

포르투 출근 프로젝트에 기꺼이 동행해 준
디에디트의 막내 에디터, 기은. 체구는 작지만
의연하고 강단 있다. 셋 중에 체력왕을 맡아
아름다운 도루강을 아침마다 달리곤 했다.
길 가다 만난 건물의 타일과 문 손잡이 하나도
유심히 들여다보고 기억하는 사람.

그것이 도망이든
탈출이든 새로운
시작이든

이곳의 불안에서
조금이라도 멀리 떨어질
수 있다면
우리는 상관없었다.

Prologue

아마 긴 여행이 될 거야

내 안에 새까만 불안만 남아 있었다

H 하경화

이 책의 첫 페이지를 읽고 있는 당신의 모습을 상상해 본다. 혹시
지금 떠나고 싶을까? 어쩌면 이미 떠나 있을지도. 얼굴도 모르는
여러분의 검지가 마른 책장을 넘기는 순간을 상상하고, 여러분의 여행
가방 안에 들어 있을 낯선 살림살이를 그려 본다. 이상하게도 마음이
들뜬다. 안녕, 나는 디에디트의 에디터H다. 그리고 이 책은 디에디트가
포르투갈의 포르투라는 작은 도시에서 살고 온 한 달 동안의 기록이다.
이쯤에서 디에디트가 뭔가 싶어 고개를 갸웃거릴 분도 있으리라.
우리가 누군지도 모르는데 책을 구입하셨다면 진심으로 감사드린다.
디에디트를 설명하는 건 까다롭지만 즐거운 일이다. 우리는 아주
작은 미디어다. 글을 쓰고, 사진을 찍고, 영상을 만든다. 업계에서
흔히 말하는 방식을 빌리자면 '미디어 스타트업'쯤 되겠다. 하지만
이런 설명은 너무 시시하지. 술자리에서 눈을 마주치고 이야기한다면
이렇게 말하겠다. 우리는 취향을 판다.
당신의 소비를 즐겁게 만들 수 있는 거라면 뭐든지 찾아다닌다.
이를테면 이런 것들. 출근길의 소음으로부터 황홀하게 격리될 수
있는 노이즈 캔슬링 헤드폰. 금요일 밤의 혼술을 외롭지 않게 만들어
줄 맥주. 사는 건 종종 뭣 같고, 지갑 사정은 왕왕 시시해지지만 그럴
때일수록 사는 건 더 즐거워야 하니까.
우리가 글과 영상으로 이야기하는 것들은 아주 단순하다. 이걸 사면
당신은 더 행복해질 수 있다. 아주 잠깐이라도. 그리고 그걸 위해선
기꺼이 내 취향을 까뒤집어 보여 줄 수 있다. 맞다. 우리는 대단한 일을
하는 사람은 아니다. 오히려 아주 얄팍한 쪽에 가깝다. 좋은 물건이
좋은 시간을 만들어 준다고 굳게 믿을 만큼.

이제 우리가 왜 포르투로 떠나게 되었는지를 말할 차례겠다. 여러분이
괜찮으시다면 시간을 조금만 더 거슬러 올라가 보자. 나 같은
수다쟁이들은 뭐든 순서대로 말하는 걸 좋아한다. 2016년 봄, 후배였던
에디터M과 함께 직장을 나왔다. 대단한 뜻을 품고 한 행동은 아니었다.
우린 둘 다 전형적인 '쫄보'였으니까. 엉겁결에 백수가 되고 나니 기자
생활 6년의 어설픈 경력만 남아 있었다. 서른 넘은 직장인이 거취를
정하지 않고 헤매는 건 모두가 혀를 찰 모험이었다. 그런데 이상하게
더 이상 어디에도 속하고 싶지 않았다. 퇴사를 결심하고 나서야
깨달았다. 회사 생활이 불행했다는 걸. 매달 통장에 채워지는 월급의
안온함에 취해서 몰랐을 뿐. 당장 배곯을 걱정뿐이었지만, 용기를 내서
M에게 말했다.

"우리끼리 하고 싶은 거 해 볼까?"

철모르는 두 계집애가 맥주잔을 부딪치며 도원결의하던 순간의
짜릿함이란.
나는 모든 적금을 해지했고, 에디터M은 머리를 샛노랗게 탈색했다.
각자의 세리머니였다. 그 뒤로 인생은 롤러코스터였다. 올라가는 건지
내려가는 건지 알 수 없을 만큼 모든 게 빨랐다. 웹 사이트를 만들고,
사업자 등록을 하고, 직원을 뽑고, 사무실을 얻었다. 세상에 얼마나
많은 종류의 세금이 있는지 배웠다. 서로를 '대표님'이라고 부르며
자지러지게 웃곤 했다. 때로는 모든 게 역할극 같았다.
쓰고 싶은 글이 넘쳐났다. 밤을 새워도 피곤하지 않았다. 친구들은
하고 싶은 일로 먹고사는 네 인생이 부럽다고 말했다. 어떤 날엔
우쭐하고 어떤 날엔 침울했다. 사람들의 반응도 그랬다. 박수와 힐난이
교차했다. 가슴속에 불안이 차곡차곡 쌓여 갔다. 언젠가는 아무도 내가
쓴 글을 읽고 싶어 하지 않으리라는 두려움이었다. 서른을 한참 넘긴
내 나이에 다른 일을 시작할 수 있을까? 그렇게 2년이 지났다. 어느 날
내 안을 들여다보니 새까만 불안만 남아 있었다. 남은 문장이 없었다.

그날 날씨가 생각난다. 영하 10°C였던가. 하여튼 지독한 겨울이었고,
새벽 2시의 사무실이었다. M과 나는 아무도 없는 새벽녘의 사무실에
나란히 앉아 있었다. 사무실 소파는 올리브 컬러, 네온사인은 핑크,
바닥은 울긋불긋했다. 여기저기 시선을 두다 간신히 노트북 화면을
바라봤다. 맥없이 커서가 껌벅이는 노트북 화면 위론 다시 읽고 싶지
않은 지독한 말들이 적혀 있었다. 익명의 목소리가 내게 사라지라
했다. 나는 더 못 할 것 같다고 말했다.

"알겠어, 그럼 우리 그냥 멀리 떠나자."

내 후배이자 동업자인 노랑머리가 말했다. 한숨 같은 목소리였지만,
그 말을 듣는 순간 확신했다. 정말로 떠나게 될 거란 걸. 내뱉은 말에는
몽상을 현실로 만드는 힘이 있었다. 우리는 흡사 야반도주나 은행
강도라도 계획한 사람처럼 침을 꼴깍 삼켰다.
그렇게 떠나게 됐다. 이베리아 반도 서쪽, 대서양과 맞닿은 항구 도시
포르투로.

정말 떠나게 될 줄은 몰랐지

M 이혜민

에디터H는 출근하자마자 지난밤 동안 찾아 둔 에어비앤비 숙소 리스트를 들이밀었다. 아직은 어디로 갈지 확정되지 않아 찾는 데 한계가 있지만 생각보다 괜찮은 곳이 많단다. 내가 뱉은 말이니 이제와서 무르지도 못하고, 주인을 위해 쥐를 사냥해 온 고양이처럼 내 반응을 살피는 에디터H에게 애매한 답변을 했다. "그래 좋아 보이네." 아니 사실은 정말 멋진 곳이었다. 눈부시게 빛나는 햇살, 높은 층고와 길쭉하게 뻗은 창들, 넓고 새하얀 침대, 이국적인 거리의 풍경, 멋진 일이 벌어질 것 같은 테라스까지. 내가 저기 있다는 게 감히 상상도 되지 않는 그런 곳들 말이다.

"내가 정말 떠날 수 있을까?"

나는 현실주의자다. 무모한 꿈은 독이라고 믿는다. 가긴 어딜 가. 약하고 게으르다. 적당히 공부해서 적당한 4년제 대학을 나왔고, 고등학교 때부터 잡지사 에디터를 꿈꿨지만 정작 그 꿈을 이루기 위해 치열한 노력을 한 적도 없었다. 어떻게든 되겠지, 라는 방탕함과 약간의 오만함이 나의 기조다.

정말 떠나게 될 줄은 몰랐다. 이 글을 쓰는 순간에도 나는 아직도 믿기지 않는다. 가만 생각하면 그때 뭐에 씌운 게 아닌가 싶다. 사업 초반, 이런 종류의 프로젝트를 어렴풋이 구상한 적은 있었으나 결국 현실에 발이 묶여 연기처럼 사라지게 될 거라 생각했다. 내일 아침이면 우리는 써야 할 기사와 쏟아지는 메일에 치여 또다시 같은 일상을 살아갈 거라고. 다행히 우리는 포르투로 떠났고, 한 달을 머물렀고, 다시 서울에 돌아왔다. 사실 막내 기은을 제외한다면 우리는 포르투 초행은 아니었다. 다시 포르투를 찾는 데 꼬박 5년이 걸렸다. 모든 것이 지금과 달랐다. 당시 난 아직 20대였고, 자의가 아닌 타의로 온 출장이었으며, 고작 8일 동안 몽당연필처럼 생긴 포르투갈을 일주해야 하는 거친 스케줄이었다. 변하지 않은 건, 그때도 에디터H와 함께였다는 것 정도일까? 우리는 포르투갈의 수도인 리스본부터 서퍼들의 천국이라고 불리는 사그레스, 유럽인들이 세상의 끝이라고 생각했던 가파른 절벽의 상 빈센트 곶까지 포르투갈의 작고 큰 도시를 누비고 다녔다. 당시는 무척 고단했던 기억뿐이라고 생각했는데 이상하게도 때때로 그리웠다.

외국 한 달 살기를 결심했을 때 파리부터 베를린, 샌프란시스코까지
수많은 도시들이 머릿속을 스쳤다. 각각 아름답고 개성 있으며
이야깃거리가 넘치는 곳이다. 하지만 우리는 아직 많이 알려지지
않았지만 아름다운 곳. 모두 다 아는 도시가 아니라 우리만 알고 있는
도시를 찾고 싶었다. 짧게 머물렀으나 오래 사랑한 도시 포르투는
어쩌면 당연한 선택이었다.

포르투를 어떻게 설명하면 좋을까? 이 도시를 설명하는 건 생각보다
쉽지 않다. 아직 한국에선 그리 유명한 여행지가 아니고, 알려진 정보도
단편적이다. 도시 자체의 인구만 따지면 31만 명. 큰 규모는 아니다.
포르투갈의 수도인 리스본에 이은 제2의 도시. 쉬운 이해를 위해
촌스러운 비유를 불사하면 한국의 부산 정도가 되겠다. 실제로 둘 다
항구 도시라는 공통점이 있으니 영 억지스런 비유는 아니다.

포르투라는 기묘한 이름부터 들여다보자. 포르투갈이라는 국명에서
따와서 꼬리만 떼 낸 것 같지만 정반대다. 놀랍게도 포르투갈의 국명을
포르투에서 따왔다. 나라의 이름이 될 만큼 오래된 역사를 간직한
도시다. 한두 골목만 둘러봐도 옛 모습이 얼마나 잘 남아 있는지 알 수
있다. 사실 이건 선택적인 보존은 아니었다.

대서양으로 이어지는 도루강 하구에 위치한 포르투는 이 꿀 같은
지리적 조건 덕분에 항구 도시로서 화려한 리즈 시절을 보낸다.
포르투라는 이름 역시 항구를 의미한다고. 하지만 대항해 시대가 지나고
유럽 경제의 중심이 바뀌자, 포르투는 시대의 흐름에서 도태된다.
덕분에 개발이 활발히 이루어지지 않았고, 이 아름다운 건물과 유적지가
고스란히 남아 2000년대를 사는 사람들에게 환상을 심어 주게 된
것이다. 심지어 훗날 해리포터의 배경이 될 정도로. 확실히 마법 같은
곳이다. 놀랍게도 포르투를 다녀온 사람 중에 이곳이 별로였다고 하는
사람은 아직 한 명도 만나 보지 못했다.

이 책은 여러분들에게 포르투가 얼마나 멋진 곳인지, 어딜 꼭 가야
하는지 같은 구체적인 정보는 많이 주지 못할지도 모른다. 그곳에서
사는 이야기이기 때문에 포르투 대신 다른 장소를 들이밀어도 크게
다르지 않을 수도 있다. 포르투에 간 여행자라면 누구나 한번쯤은
들른다는 렐루 서점도 제대로 가지 못했으니까.

하지만 해리포터가 태어난 이곳에서 평범한 우리 일상이 마법으로
가득 찼던 것은 분명하다. 한국으로 돌아가기 하루 전날, 도시의
오렌지 빛 지붕이 한눈에 내려다보이는 레스토랑에서 지금까지 마셔
본 것 중 가장 맛이 좋았던 화이트와인을 마시며 이야기했다.

"생각이나 했어? 우리가 여길 다시 오게 되다니."

100%의 동업자를 만난다는 것

H 하경화

나는 약한 사람이다. 생각이 많고, 겁이 많으며 화가 많다. 슬퍼도
울고, 무서워도 울고, 화가 나도 운다. 모든 일에 지나친 애정과 관심을
가지는 피곤한 기질 탓에 그렇다는 걸 잘 알고 있다. 이런 내가 회사를
뛰쳐나와 사업이랍시고 직원을 들이고, 사무실을 얻고, 세금을 내며
살 수 있는 건 노랑머리가 옆에 있기 때문이다. 에디터M, 혜민이.
지금은 법인 등기부 등본상 나의 대표이며, 동업자인 그 애. 우리의
현재 관계를 정의하자면 노부부란 말만큼 적당한 표현이 없을 것이다.
서로를 보면 화가 나지만 못 봐도 섭섭하고 누가 흉보면 성이 난다.
처음 만난 건 2014년 봄이었다. 당시 다니던 회사에서 막내 기자를
뽑고 있었는데, 친한 친구가 일 잘하는 후배가 놀고 있다며 소개해
줬다. 면접을 보러 온 혜민이는 해맑았다. 쪼끄만 얼굴에 작은 눈을
실처럼 뜨고 헤실헤실 웃었다. 그리고 곧장 내 직속 후배가 됐다.
어떤 후배였냐면 설명하기 좀 힘들다. 깍듯하고 시키는 일은 아주
잘했지만, 되바라진 구석이 있었다. 뭐랄까. 나를 키우는 고양이라고
생각하는 것 같았다. 내 말을 잘 들어 주고 집사인 척하지만 사실은
자기가 주인님이라고 생각하는 게 틀림없는. 6년이 지난 지금도 나를
"선배"라고 부르긴 하지만 그건 그냥 나를 부르는 이름일 뿐, 선배로
생각하는 것 같진 않다. 선배라고 부른 뒤에 소리도 지르고 욕도
하거든.
가까운 선후배 사이긴 했지만 우리가 동업자가 된 건 예상하지 못한
일이다. 같이 회사를 나오고 나서 "우리끼리 웹 사이트를 만들자"
하고 꼬셨다. 혜민이는 언제나 그랬듯 "그래, 선배. 같이 해 보자"라고
대답하고 열심히 했다.

하지만 사실은 금방 망할 거라고 생각했기 때문에 나약한 선배의
홀로서기를 조금 도와주다가 도망 나올 작정이었다더라. 나중에야 그
고백을 듣고 "인정머리 없는 계집애" 하고 욕했지만, 혜민이는 그냥
비웃으며 말했다. "어쨌든 지금 코 꿰서 같이 하고 있잖아?"
우리는 굉장히 다른 사람이다. 나는 그 애가 좋다고 가져오는 물건 중
어느 것 하나도 마음에 들었던 적이 없다. 아마 상대방도 마찬가지일
것이다. 혜민이는 더운 여름의 늘어지는 공기와 살갗이 다 비치는
옷차림, 땀이 배어 나오는 온도를 좋아한다. 무심하다. 그렇게 사랑할
일도 미워할 일도 없는 사람이다. 어디서나 쉽게 잠이 든다.
나? 나는 절대 아니다. 여름에도 소름이 돋을 만큼 차가운 에어컨
공기와 잘 포장되고 값비싼 것들을 사랑한다. 미워하는 것도 사랑하는
것도 너무 많아서 잠을 설치는 타입이다.
우리는 어디가 얼마나 어떻게 다른지를 하루 종일 이야기할 수 있을
만큼 다르다.
그렇다고 사람이 마냥 상극일 순 없지. 모든 게 달랐지만, 설명하기
힘든 어떤 '정서'만은 닮아 있었다. 내 입으로 말하기 머쓱하지만,
우린 이 땅에 찾아보기 힘든 잘 맞는 동업자다. 서로가 무슨 생각을
하는지 속속들이 알고 있다. 중요한 결정을 해야 하는 어느 때에
내가 습관적으로 코를 벌름거리는 것만으로도 그 애는 다 이해해
버리는 것이다. 나는 그 애가 눈을 가늘게 뜨고 말하는 모습을 보며
짐작한다. 아, 이건 안 되겠구나. 내가 80% 정도 나서서 진행하는
일이면 혜민이는 20% 이상 참견하지 않는다. 반대로 그 애가 깃발을
든 일이라면 나는 열심히 보조를 맡는다. 우리는 둘이 모여 200%가
될 만큼 강력한 사람은 아니다. 대신 어떻게든 두 사람이 합쳐 100%를
만들어 낸다.

아주 결정적인 순간에 서로 설명하지 않아도 되는 무언가가 있는 것,
우린 이걸 '동기화'라고 부른다. 어떤 순간, 서로의 뇌에 같은 정보를
공유하는 것처럼 비슷한 생각을 해 버릴 때 말이다.

그날 밤에도 그랬다. 일상이 진창에 빠진 것 같아서 허우적거리던
새벽에. 내가 울거나 약해지는 모습을 거북해하는 그 냉정한 계집애가
근사할 만큼 단호하게 말했다.

"우리 멀리 떠나자"고. 지금 생각해 보면 그건 꼭 어떤 프러포즈 같기도
하다. 이 얘기를 들으면 무슨 낯간지러운 소리냐고 혜민이가 펄쩍
뛰겠지만 말이다. 그 말을 들은 뒤부터 나는 흡사 불도저였다. 행여
번복할까 싶어 비행기 티켓부터 예약해야겠다고 수선을 떨었다. 온
유럽 땅의 근사한 숙소를 몽땅 찾아 들이밀었다. 이건 빼도 박도
못하는 일이라고 알려 주려고.

덧붙이자면 6년을 부대낀 우리는 꽤 비슷해졌다. 냉정하고 침착하던
이혜민은 툭하면 화를 낸다. 나처럼. 그리고 나는 조금 무심해졌다.
우리가 투덕거리고 있으면 막내 기은이 하는 말이 있다. "둘이
똑같은데 왜들 그러느냐"고. 그러게 말이야. 어쩐지 닮아 가고 있는 것
같지. 깔깔. 그래도 말이야. 같이 떠나 줘서 고마워.

"알겠어, 그럼 우리
그냥 멀리 떠나자."

우리는 흡사 야반도주나
은행 강도라도 계획한
사람처럼 침을 꼴깍
삼켰다.

Arrived

생각이나 했어?
우리가 여길 다시
오게 되다니!

어차피 일할 거라면

M 이혜민

가까운 사람들은 대체 왜 떠나는 거냐고 물었다. 나는 일하러 떠난다고
답했다. 모두의 예상과는 다르게 우리의 포르투 프로젝트는 유럽으로
떠나는 힐링 여행은 아니었다. 요즘 유행하는 '한 달 살기'와 비슷해
보이지만 달랐다. 한 달 살기는 보통 일상을 등지고 여유를 찾으러
가는 경우가 많다. 우리는 오히려 정반대였다. 사무실을 통째로 옮기는
개념이었으니까.

여행이든, 출장이든 어딘가로 떠나기로 했을 때 가장 먼저 해야 할
건 비행기 티켓과 숙소 예약이다. 이것만 정해져도 준비의 80%는
끝났다고 보면 된다. 뭐 나머지야 어떻게든 되기 마련이다.

아쉽지만 아직 포르투로 가는 직항 편은 없다. 프랑스의 샤를 드
골(Charles de Gaulle) 국제공항이나 네덜란드의 스히폴(Schiphol)
공항을 경유하는 게 가장 일반적인 루트다. 물론 다른 경유지도 있지만,
여러분의 소중한 시간과 그것보다 더 귀한 체력을 어마어마하게
낭비하는 경로다. 장거리 비행도 괴롭지만 오랜 시간을 떠돌아야 하는
긴 환승은 더 괴롭다. 비행기 티켓은 90만 원대가 평균이라고 보면
된다. 그보다 아래면 싸게 잘 끊은 것이고 그것보다 비싸게 끊는다면,
뭐 누구에게나 자기만의 사정이 있는 법이니까.

다음은 숙소다. 우린 애초에 호텔은 제외했다. 예산도 문제였지만,
여행이 아니라 사무실을 옮겨야 하는 특수한 사정도 한몫했다.
친구가 아닌 직장 동료인 우리가 한 달 동안 같은 공간에서 살아야
하는 건 생각보다 큰일이기에 독립된 3개의 방이 필요했다. 소파
베드도 곤란하고 침대도 3개가 있어야 했다. 여기에 낮에 함께 일할
사무 공간도 필요했다.

꼬박 2주 동안 하루도 빠지지 않고 에어비앤비를 헤집고 다녔다.
생각보다 원하는 조건을 모두 만족하는 집이 많지 않았다. 우리가 최종
결정한 그 집은 처음부터 후보 1순위였던 곳이다. 우리처럼 오랜 기간
머물 예정이라면 장기 투숙 할인을 꼼꼼히 살펴보는 것도 도움이 된다.
한 달(29박) 이상 숙박하면, 꽤 많은 할인을 받을 수 있다. 우리의 경우
거의 100만 원이 넘는 돈을 절약했다. 포르투의 가장 아름다운 장소인
도루강에서 도보 10분 정도인 위치도 마음에 들었다.

우리처럼 까다로운 조건이 필요한 게 아니라면, 선택지는 훨씬 더
다양해진다. 개인적으로는 호텔보다는 히베이라 거리 도루강 뷰의
숙소를 권한다. 하루에 10만 원 정도면 포르투 최고의 관광지인
히베이라 거리의 숙소 중 하나를 얻을 수 있다. 가격에 비해 오래되고,
비좁은 방이지만 창을 열고 발코니로 나가면 반짝이는 도루강을 볼
수 있다. 뷰 하나만큼은 비현실적으로 아름다울 거라 자신한다. 매일
커튼을 젖히고 창문을 열면 천국을 만날 수 있을 거라고.

포르투에 살면서
꼭 알아야 할 몇 가지 이야기

M 이혜민

1

언어는 포르투기스(Portuguese)를 쓴다. 언어에 성별과 나이가 있다면
양 갈래 머리를 야무지게 묶은 8살짜리 꼬마를 닮았다. 포르투기스는
어렵다. 당연하다. 생소한 언어다. 포르투기스를 쓰는 나라가 9개국이나
되고, 2억 명이 넘는 사람들이 사용하고 있다는 건 한참이 지난
다음에서야 알게 됐다.

    Olá 올라 = 안녕/안녕하세요
    Sim 싱 = 네
    Não 낭 = 아니오
    Obrigado 오브리가두(남), Obrigada 오브리가다(여) =
        고맙습니다/감사합니다

포르투갈 사람들 사실 영어 잘한다. 영어를 전혀 못 하는 사람은 3명 중
1명꼴로 만난 것 같다. 위에 말한 생활어는 사실 눈짓과 발짓 그리고
표정으로 모두 소화할 수 있는 말이다. 진짜 유용한 건 뒷장의 2번 챕터.
포르투의 메뉴판은 대부분 심플한 구성이다. 하나의 플레이트로 나오는
경우가 많아서 메인이 될 요리를 무엇으로 할지만 정하면 더 이상의
고민은 하지 않아도 된다.

2

가끔 운 좋게 찾은 '로컬 맛집'에선 메뉴판에 영어가 없는 경우가 있다.
어느 나라든 메뉴 이름은 식재료와 조리 방법으로 구성되는 법이다.
몇 가지 단어만 알아 두면 주문할 수 있다. 고기는 카르니Carne,
생선은 페이스Peixe, 꼭 먹어 봐야 할 문어는 뽈보Polvo, 대구는
바칼라우Bacalhau다. 솔직히 구글 번역기가 있는 세상에 더 설명하는
건 바보 같은 짓일 수도. 주문한 적도 없는데 테이블에 올라와 있는
빵이나 치즈, 올리브는 유료다. 대부분 1유로에서 3유로 사이인데, 돈을
내기 싫다면 물리면 된다. 나는 한 번도 물린 적 없이 다 먹었다. 냠냠.
다음은 메뉴를 고를 때 진짜 유용한 말들이다.

Carne 카르니 = 육류/고기
Peixe 페이스 = 생선
Frango 프랑구 = 닭
Bacalhau 바칼라우 = 대구
Pão 팡 = 빵
Pastel de Nata 파스테우 드 나타 = 에그 타르트
Batata 바타타 = 감자
Polvo 뽈보 = 문어
Ovo 오부 = 달걀

3

콘센트는 220볼트를 사용한다. 덕분에 한국에서 가져온 수많은
촬영 장비를 편안하게 충전할 수 있었다. 바꿔 말하면 이곳에서
전자 제품을 사 가도 한국에서 쓰기에 아무 문제없다는 뜻이다.
시내에 'fnac'(프낙이라고 읽었는데 알고 보니 프랑크)라는 대형
전자 제품 판매점이 있어서 종종 들렀는데, 역시 아무리 물가가
싸도 이런 건 네이버 최저가를 따라가지 못한다.

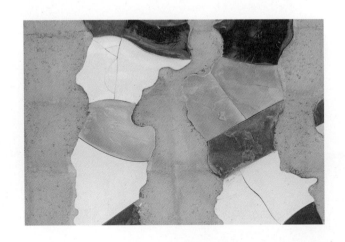

4

가장 많은 질문을 받은 게 포르투갈의 인터넷 속도다. 집에서는
와이파이를 사용하고, 스마트폰엔 보다폰(Vodafone)의 선불
유심을 넣어 사용했다. 여행자를 위한 선불 유심은 옵션이
단 두 가지다. 하나는 15일 동안 사용할 수 있는 3GB 데이터
유심, 다른 하나는 30일 동안 사용할 수 있는 5GB 데이터
유심. 각각 15유로, 20유로다. 난 당연히 5GB짜리를 구입했다.
고백하자면 벌써 세 개째다. 한 달도 안 되는 시간 동안 15GB
데이터를 쓴 내가 자랑스럽다. 속도? 한국의 LTE를 상상하면
실망하겠지만, 생각보다 쓸 만하다.

5

날씨는 좋다. 천하태평한 날씨라고 표현하면 맞을까? 1년 내내 아주
더워질 일도, 아주 추워질 일도 없는 날씨다. 일 년 중 가장 추운 날과
가장 더운 날의 기온 차이가 10℃ 남짓이다. 여름과 겨울의 기온 차가
40℃가 넘는 우리나라에 비하면, 확실히 온화한 날씨다. 한낮에는 살이
아릴 정도로 해가 뜨겁다. 하지만 그늘에 들어가면 이내 서늘해진다.
건조한 바람이 기분 좋게 분다. 일몰 이후엔 적당한 쌀쌀함이 찾아온다.
5월의 더운 날씨를 상상하고 여름옷만 가져온 우리는 처음엔 몹시
당황했다. 낮에는 반소매 차림으로 다니다가 저녁엔 겉옷을 걸쳐야
알맞다. 해가 길어서 9시 넘어서도 하늘이 훤하다. 덕분에 하루가
더없이 늘어진다. 사람들의 성미는 날씨에서 많은 영향을 받는다고
한다. 이곳 사람들의 느긋함에는 이유가 있었다.

포르투갈에선 무조건 우버다. 언제 어디서나 바로 이용할 수 있을
만큼 활성화되어 있다. 우버의 본진 실리콘 밸리에서도 이렇게 빨리
드라이브 매칭이 이루어지는 건 본 일이 없다.

7

마지막으로 음식 얘기 하나 더. 문어도 맛있고, 바칼라우(대구)도 맛있지만
포르투갈 최고의 식재료는 단언컨대 감자다. 집에서 감자조림을
네 번이나 해 먹었다. 고추장에 조려도 맛있고, 그냥 쪄 먹어도 맛있고, 버터에
구워 먹어도 맛있다. 적당히 단맛, 쫀득한 식감이 일품이다. 실제로 여기
사람들은 감자를 엄청나게 먹는다. 보통 고기 요리를 시키면 감자튀김이
곁들여 나오고, 생선 요리에는 올리브 오일에 살짝 볶은 찐 감자가 나온다.
밥 대신 감자를 먹는다고 생각하면 쉬울 듯. 한국에 사 가고 싶을 정도로
놀라운 맛이다.

이층집에 놀러 오세요

M 이혜민

세 명의 여자가 자기 몸집만 한 캐리어를 들고 낑낑대며 문 앞에
도착했다. 세월의 흔적이 느껴지는 초록색 대문은 커도 너무
컸다. 유럽의 문들은 왜 이렇게 쓸데없이 큰 걸까? 열쇠도 어찌나
클래식한지. 솔직히 열쇠는 초등학생 때 이후로 처음 써 본다. 열쇠에
대해서도 할 말이 많다. 처음에 대문을 열 때 얼마나 고생을 했던지.
유럽의 오래된 집들은 대부분 19세기의 문을 그대로 사용하기에
문고리와 열쇠 구멍 역시 오래된 경우가 많다.
이 묵직한 대문은 그 역사만큼이나 호락호락하지 않아서 제게 맞는
열쇠를 넣어도 쉽게 열려 주는 법이 없다. 열쇠를 꽂고 돌리다가,
더 이상은 안 돌아가서 이제 끝이구나, 하는 순간에 한 번 더 힘을
주고 돌려야 한다. 열쇠가 부러져도 하는 수 없다는 각오로 힘을 주어
돌려야 그제야 철컥 하고 돌아간다. 우리는 이 요령을 깨닫는 데
며칠이 걸렸다. 그동안은 다시 문을 열고 들어오지 못하는 게 아닐까
싶어서 세 명이 한꺼번에 외출하지 못했을 정도다.
이렇게 힘겹게 문을 열고 들어가면 가파른 계단이 나온다. 전형적인
유럽 집이다. 원을 그리며 드라마틱하게 꺾인 계단을 타고 오르면
그제야 우리가 먹고 자고 살고 일할 공간이 나타난다. 19세기에
지어졌다는 우리 집은 시간이 멈춘 것처럼 근사하다. 창문과 대문은
큼직하고 층고도 높아 전반적으로 탁 트여 있는 느낌이다. 집은 가로로
긴 직사각형 모양을 하고 있다. 양 끝엔 마스터 베드룸과 거실이
위치하며, 좁은 복도를 따라 3개의 방과 주방이 양편에 늘어서 있는
구조다.
우리의 주요 생활 공간이자, 사무실인 거실은 멋진 테라스를 끼고
있다. 테라스는 우리가 이 집을 선택한 가장 첫 번째 이유다. 바람에
흔들리는 파라솔이 있는 이곳은 우리의 식탁이고, 회의실이다. 가만히
앉아 있으면 온갖 소리가 다 들려온다. 앞집 개가 컹컹 인사를 하고,
갈매기 떼는 시도 때도 없이 날아든다. 지나가는 차 소리, 옆집 정다운
노부부가 나누는 대화 소리도 넘어온다. 포르투갈어라 무슨 말을
하는지는 알아들을 수 없지만 어쩌면 그래서 더 아름답다. 사이렌

소리, 사람들의 소리, 거기에 우리 세 명의 가벼운 타이핑 소리가 잘
버무려지면 꽤 괜찮은 백색 소음이 된다.
우리는 이 아름다운 곳에서도 아침이면 출근하고, 느지막이 퇴근을
한다. 우리끼리 우스갯소리로 여기 서울 아니냐며 깔깔거렸지만 사실
알고 있다. 내 작은 12인치 맥북 화면을 보며 열심히 타이핑을 하는
이 순간에도 조금만 고개를 돌리면 눈부신 햇살이 쏟아지는 테라스가
날 기다리고 있다는 것을.
해가 잘 드는 곳에는 빨래를 넌다. 낮 동안 널어 둔 빨래에서는
바스락거리는 햇살의 냄새가 난다. 한국의 해도 따갑지만 유럽의 해는
차원이 다르다. 집의 빛과 그림자가 확실한 편이랄까. 볕이 잘 드는
곳은 선글라스를 끼고 생활해야 할 정도로 찬란하게 빛나지만, 창문이
없는 곳은 한낮에도 불을 켜야 할 정도로 어둡다. 때문에 유럽의
오래된 집에는 해 가림막이 있는데 우리 집의 내벽과 창문 사이에는
30cm 정도의 간격이 있어 직사광선이 들어오는 곳이 거의 없다.
이 구조와 높은 층고 덕분에 한낮에도 집 안은 서늘하다.

거실에서 오른쪽으로 고개를 돌리면 바로 부엌이다. 주방에는 없는 것 빼고 모든 것이 갖춰져 있다. 잠시 머물 사람들을 위해 급하게 마련해 둔 것이 아니라 오랜 시간을 두고 집주인이 찬찬히 모은 것들이란 느낌이 강하다. 와인잔도 디켄터부터 보르도, 샤도네이 그리고 작고 귀여운 포트와인잔까지 있다니!

나무 바닥의 좁고 긴 복도를 지나면 방이 나온다. 우리 집에서 가장 큰 침실, 마스터 베드룸이다. 이 방에도 역시 작은 발코니가 있다. 사람 하나 겨우 들어갈 만한 야트막한 발코니지만, 외부와 연결되어 있다는 느낌은 확실히 준다. 이 발코니 앞 도로에는 오래된 가로수가 2층까지 가지를 한껏 뻗치고 있어 창밖 풍경이 그렇게 좋을 수 없다. 발코니에서 내려다본 동네는 언제나 한산하다. 까르르 웃는 젊은 무리와 세상을 가만히 받치고 있는 것 같은 노인들이 뒤섞여 지나간다.

포르투 이층집에서의 생활은 매우 단조롭다. 도착한 지 일주일, 우리는
결국 시차 적응에 실패했다. 모두 약속이라도 한 것처럼 매일 새벽
눈을 뜬다. 졸린 눈을 비벼 뜨고 운동화를 꿰어 신고 집 근처를 달린다.
배가 고프면 카페테라스에 앉아 커피와 빵을 먹고 집으로 돌아온다.
아침부터 저녁까지 영상을 찍고 편집하고 그리고 시간이 나는 대로
틈틈이 글을 쓴다. 솔직히 말하면 여기가 서울인지 포르투갈인지
헷갈릴 만큼 심심한 일상을 보내고 있다.

"그래도 괜찮다. 우리는 포르투에 있으니까."

환상과 실망

H 하경화

사무실을 통째로 포르투로 옮긴다는 건 확실히 특별한 경험이었다.
포르투에서의 일상은 서울과 다른 듯 같았다. 글을 쓰고, 사진을 찍고,
영상을 만들었다. 여전히 바빴고 쫓기듯 하루를 보냈다. 다만 고개를
돌리면 눈에 닿는 모든 것들이 아름다울 뿐. 이곳에서의 생활을
'판타지'라고 종종 얘기하곤 한다. 그보다 정확한 표현은 여전히 찾지
못했다. 그렇다고 모든 게 내가 생각하던 대로는 아니었다.
포르투에 도착했을 땐 세 명의 에디터 모두 실신 직전이었다. 셋이서
몸집만 한 캐리어를 다섯 개나 끌고 왔으니 당연한 일이었다.
메트로를 타고 숙소로 가는 길에 가만히 창밖을 바라봤다. 이상하다.
여기가 어딜까. 혹시 다시 인천에 온 걸까. 서울 근교와 다를 바 없는
살풍경함이 이어졌다. 시내에 도착해서도 크게 다르지 않았다. 그냥
작은 시골 동네에 온 것 같았다. 34시간의 비행을 끝내고 도착한
꿈의 도시에서 느낀 첫 감정은 실망이었다. 애가 탔다. 몇 년 전 내가
포르투에서 느꼈던 감동은 상상 속에서 부풀려진 것일까?
유럽이 처음이라는 막내 에디터 역시 심드렁해 보였다. 아무 말도 하지
않았지만 셋 다 별다른 감흥을 느끼지 못했다는 건 분명했다. 우리
모두 오랫동안 힘들게 준비하고 많은 걸 포기하고 온 여정이었다.
한 달을 살아야 하는 도시에서 느낀 강렬한 실망감을 입 밖으로
꺼내는 사람은 없었다. 돌멩이가 촘촘히 박힌 유럽의 코블스톤 위로
캐리어 바퀴가 요란하게 부딪치며 굴러갔다. 드르르륵, 드르륵.
그 소리가 얼마나 처량 맞게 신경을 긁던지.
다행히 우리의 이층집은 멋졌다. 집에 짐을 풀기 무섭게 오르막과
내리막을 지나 포르투 최고의 관광지 '히베이라 광장'으로 향했다.
골목은 좁고 길은 험했다. 어두운 골목에선 지린내가 풍겼다. 도루강
앞에 선 그제야 마음이 놓였다. 아름다운 동 루이스 다리와 알록달록한
건물, 강물에 비친 화려한 불빛. 엽서에서 튀어나온 것 같은 포르투의
상징적인 풍경이다. 몇 번을 다시 찾아도 매번 감탄하게 될 만큼.
그제야 포르투와 도루강의 아름다움을 입 아프게 칭송하며, 유럽에
도착했다는 낭만에 취할 수 있었다.

하지만 히베이라 광장의 아름다움이 모든 걸 완벽하게 만들 순
없었다. 명동과 강남이 서울의 전부가 아니듯 히베이라는 포르투가
가진 가장 화려한 표정일 뿐이었다. 유명하다는 레스토랑에서 식사를
하고 입에서 살살 녹는 문어 구이를 맛봤다. 서울에서 와인 한 잔 마실
돈이면 여기선 한 병을 마실 수 있었다. 그것도 아주 죽이는 걸로.
아침엔 도루강가의 다리 위를 함께 달렸다. 왼쪽으로 포르투에서 가장
아름답다는 풍경이 파노라마처럼 펼쳐졌다.
그런데 모든 사치스러운 경험을 생활에 다 우겨 넣어도 다들 100%
즐거워 보이지는 않았다. 일과 촬영에 치여서 그런 것도 있지만,
이 도시의 분위기가 썩 와 닿지 않았던 것이다.
솔직히 도착하고 며칠간 스트레스를 많이 받았다. 포르투에 오자고
했던 사람은 나였다. 유럽의 숱한 도시를 가 봤지만 이만큼 정감
가고 아름다우며, 곳곳에 이야기가 숨은 곳이 없었다면서 입 아프게
포르투행을 종용해 왔다. 모두가 이 도시를 사랑하지 않으면 어쩌나.
조바심이 밀려왔다. 매일 구글 맵을 들여다보며 어디를 가야 할지
고민했다. 실패한 여행 가이드의 기분이었다. 왜 여길 오자고 했을까.
내가 또 헛짓을 했나.

우리가 지낸 이층집은 시내에서 조금 떨어진 주거 지역에 있었다. 도루강이나 시내까지 도보 10분이면 갈 수 있음에도 묘하게 번화가에서 벗어나 있어 관광객들은 잘 찾지 않는다. 동네 자체도 조용하다. 지내는 내내 한국인은커녕 동양인 한 번 마주친 적이 없을 정도다.

집 바로 앞에 작은 청과물점이 있는데, 들어가면 짜고 비릿한 냄새가 진동한다. 바칼라우(대구)가 소금기를 잔뜩 머금고 여기저기 진열돼 있다. 이 가게에 우리가 처음 들어간 순간을 잊지 못한다. 장 보던 할머니는 눈이 휘둥그레졌고, 주인장으로 보이는 중년 신사도 우리를 흘깃댔다. 까만 머리의 등장이 충격적일 만큼 조용한 동네인 것이다. 물론 우리 중 하나는 핑크색 물이 빠진 노랑머리지만.

도착하고 일주일쯤 됐을 땐 다들 관광지나 시내 나들이에 감흥을 잃은 상태가 됐다. 집에서 일하다 집 근처로 저녁을 먹으러 나섰다. 꽤 괜찮은 레스토랑이었는데 환한 조명 밑에서 허기를 채우는 우리 셋의 몰골은 대단했다. 누가 봐도 집 앞 슈퍼에 가는 꼴이었으니 여행자로 보이지 않는 데는 성공했을지도. 에디터M은 잘 때 입는 후드티를 착용하고 있었고, 나도 트레이닝팬츠 차림, 막내는 청초한 민낯이었다. 스테이크와 생선 구이를 거나하게 먹어 치우고 어둑해진 거리를 천천히 걷기 시작했다. 국보급 길치인 에디터M은 그날 밤에도 천연덕스럽게 우리를 잘못된 길로 안내했는데, 조금 돌아가면서 산책해도 좋을 것 같아서 군말 없이 따라갔다. 평소보다 딱 한 골목 더 가서 뒷길을 걸었다.

그런데 거기 다른 세상이 있었다. 으슥한 뒷골목에 어울리지 않게 작고 근사한 가게 서너 군데가 줄지어 있었다. 벽엔 유머러스한 그래피티가 가득했다. 막내가 익살스럽게 웃는 가필드 벽화 앞에서 사진을 찍어 달라며 깡충 뛰어들었다. 사랑스러운 사진이 담겼다.

꼭 가 보고 싶은 가게투성이었다. 서울로 치면 성수동쯤 될까. 투박한
골목마다 이야기가 가득했다. 처음으로 이 거리가 궁금해졌다. 여기
머무르는 동안 하나도 빠짐없이 다 알고 싶다는 생각이 들었다. 우리는
간판 하나하나, 벽화 하나하나를 살피며 걸었다. 갈라진 벽화 틈새엔
또 다른 그림이 그려져 있다.

서울에서 우리가 입 아프게 말하던 '힙(hip)'이 여기 살아 숨 쉬고
있었다. 근사하다, 제밌다. 셋이서 호들갑을 떨었다. 소설 ‹나니아
연대기›를 읽으면 옷장 안으로 깊이 들어가 다른 세계로 이동하는
내용이 나온다. 마치 그런 기분. 나니아로 통하는 골목길을 찾은
것이다.

뻔한 결론이지만 결국 이 도시의 매력에 푹 빠졌다. 오래된 것과
새로운 것들이 뒤섞여 상상하지 못한 컬러를 만드는 이 도시를. 뒤늦게
에디터M에게 말했다.

"난 처음에 여기가 너무 별로라서 끙끙 앓았어. 근데 지금은 여기가
너무 좋다?"

그녀가 씨익 웃으며 자기도 그랬다고 답했다. 지금은 그냥 청과점에
자두 사러 가는 길도 좋고, 빨래방으로 가는 길도 좋고, 햇살
쨍한 테라스에서 혼자 끽연하는 순간도 너무 좋다면서. 왜인지는
모르겠지만 그냥 너무 좋다고.

잠깐의 여행으로 한 도시를 다 아는 게 얼마나 어려운지에 대해
생각한다. 평생을 살았지만 서울을 다 모르는 것처럼, 이 낯선 도시를
다 알고 돌아가는 건 불가능해 보인다. 시간이 지나는 게 너무 아깝다.
자꾸만 남은 날들을 세어 보게 된다.

한국에서의 갈등과
실망들이 서서히
멀어졌다.
달고 독한 포트와인을
마실 때마다 미워했던
사람들의 얼굴도
흐릿해졌다.

솔직히 말하자면
사랑하는 사람들마저
흐릿해졌다.
서울의 삶이 잘 생각나지
않았다.

Live & Stay

우리는 여행자일까?
생활자일까?

히베이라의 관광객

H 하경화

솔직히 포르투는 내가 좋아할 만한 도시는 아니었다. 나는 화려하고 자본주의가 점철된 도시를 사랑한다. 마음껏 낭비하고, 마음껏 향유할 수 있는 곳. 이를테면 파리나 도쿄 같은 도시. 그래서 몇 년 전 포르투의 첫인상은 투박했다. 오르막과 내리막이 끊임없이 반복되는 불친절함에 지쳐 있었고, 좁은 골목길은 미로 같았다. 빨리 이곳을 떠나고 싶다는 생각이 간절할 때쯤 도루강가에 도착했다. 촌스러운 표현이지만 그 순간 포르투에 홀딱 반해 버렸다.

도루강 하구를 따라 1km 남짓 펼쳐진 거리를 히베이라 광장이라
부른다. ‘Ribeira’라고 쓰기 때문에 처음엔 ‘리베이라’라고 읽었는데,
히베이라가 맞다. 포르투갈어에서 ‘R’을 ‘H’로 발음한다는 것도
이 거리에서 처음 알았다. 히베이라는 나만이 알고 있는 특별한 장소는
아니다. 서울로 따지자면 남산타워나 명동쯤 될까. 포르투에서 가장
많은 인파가 모이는 곳으로 전형적인 관광지다. 이 거리를 따라 화려한
레스토랑과 카페가 줄지어 있다. 관광객을 대상으로 하는 곳이라
포르투의 다른 지역에 비해 물가도 비싼 편. 영어 메뉴판이 준비돼
있음은 물론이고, 점원이 "안녕하세요"라고 한국어로 인사를 건네는
경우도 허다하다.

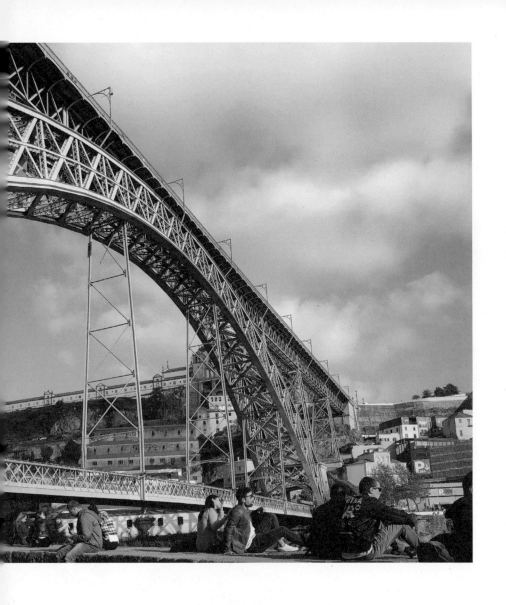

히베이라가 이토록 유명한 이유는 이 강가를 가로지르는 아치형 철교
덕분이다. '동 루이스 다리'라고 부르는데 루이스 1세 때 지어져서
얻은 이름이라고. 포르투에 한 번이라도 가 본 사람은 들어봄 직한
이야기인데, 에펠탑을 설계한 구스타브 에펠의 제자가 설계를 맡았다.
실제로 에펠탑과 비슷한 철물 구조다. 에펠탑보다 먼저 완공되었다는
건 조금 의외인 사실.

히베이라는 낮에도 아름답고 밤에는 더 아름답다. 가파른 내리막을
종종 걸음으로 내려가다가 건물 사이로 새파란 강물과 강 건너 풍경이
보이기 시작할 땐 감탄사가 입 밖으로 절로 튀어나온다. 가파른
내리막으로 한 발씩 내디딜 때마다 길 끝에서 히베이라의 동화 같은
풍경이 넘실거린다. 평생을 서울에서 살고도 여전히 한강을 사모하는
나로서는 이 모습에 반하지 않을 재간이 없었다.
이번에도 포르투에 도착한 첫날 밤에 히베이라를 찾았다. 한 번도
포르투를 와 보지 못한 막내 기은에게 이 거리의 뻔한 아름다움을
보여 주고 싶었다. 오기 전부터 하도 호들갑을 떨었더니 혹
내 기억보다 시시하면 어쩌나 걱정마저 들더라. 다행히도 환상은
그대로였다. 우리 셋은 히베이라 초입에서 말없이 스마트폰 카메라의
셔터를 누르기 시작했다. 시차 적응도 마치지 못한 상태였지만 조금
무리하고 싶어졌다. 와인을 한 잔씩 마시고, 동 루이스 다리를 걸어서
건넜다. 비교적 한적한 건너편에서 바라보는 불빛 가득한 거리는
더 드라마틱하고 화려했다. 강물에 노란 조명이 비쳐서 반 고흐의
그림처럼 보였다.

한 레스토랑 앞에서 가수가 노래를 부르고 있었다. 대부분 귀에 익숙한
노래였다. 즐거워서 견딜 수 없다는 듯이 노래하는 표정과 음색이
굉장히 매력적이었기에 발걸음을 멈춘 사람이 여럿이었다. 에디터M과
기은도 그중 하나였다. 노란 뒤통수와 까만 뒤통수도 나란히 앉아서
고개를 좌우로 흔들며 그 목소리를 듣는다. 나는 오히려 그 뒷모습이
즐거웠다.

곡이 끝날 때마다 후한 박수가 쏟아졌다. 나는 이런 게 관광지의
매력이라고 생각한다. 호객꾼과 뜨내기로 넘쳐나지만, 행복한
여행자들도 가득하다. 이 아름다운 밤을 즐기고 있는 모두가 여유로워
보여서 내 마음도 그랬다. 서너 곡쯤 노래를 듣고 낭만에 취해
이층집으로 돌아왔다.

한국으로 돌아오기 전까지 촬영 때문에 수차례 히베이라 거리를
방문했다. 어떤 장소는 두 번, 세 번 방문하면 그 감동이 희석되기
마련인데 이곳은 달랐다. 마치 파리의 에펠탑처럼. 밤이 되면 더
아름답고, 몇 번을 봐도 어김없이 카메라 셔터를 누르게 된다.
단 하룻밤의 기억으로 이 멀고 먼 땅을 다시 찾아오게 될 만큼
이 거리는 아름답다. 이곳에만 오면 나는 어김없이 관광객이 된다.

10유로의 행복

M 이혜민

행복은 돈 주고 살 수 없는 거라고 말하지만, 직장인이 가장 즐거울 때는 매달 따박따박 돌아오는 월급날이다. 매일 빡빡한 일상을 사는 우리가 가장 쉽고 빠르게 행복을 느낄 수 있는 방법은 결제의 순간. 바로 사는 즐거움이니까. 그런 면에서 포르투는 그 행복에 아주 최적화된 곳이라 할 수 있겠다.

이곳에서의 생활은 참으로 단출하다. 간단하게 장을 봐 성대한 아침을 차려 먹고 테라스에 앉아 키보드를 뚱땅대며 오전 시간을 보낸 뒤, 외출을 위해 짐을 챙기며 지갑에 10유로 한 장을 넣는다. 우리 돈으로 따지자면 겨우 1만원 조금 넘는 금액이지만 돈을 챙기는 손길에 망설임은 없다.

볕이 잘 드는 카페에 앉아 커피를 마시고, 출출한 배를 달래 줄 샌드위치를 포장한다. 돌아오는 길엔 마트에 들러 오늘 저녁에 먹고 마실 와인과 치즈까지 산다. 잘 익은 살구를 흐르는 물에 휙 헹군 뒤 그릇에 담아 와 테라스에 앉아 한입 크게 베어 문다. 저녁엔 언제나 그렇듯 와인을 마시고 잠이 들겠지. 풍성하고 꽉 찬 하루다.

포르투에서 10유로(€)로 살 수 있는 것들

따뜻한 커피 한 잔	€ 1
살구 10알	€ 2
충분히 즐겁게 마실 수 있는 와인 한 병	€ 2.5
안주로 먹을 치즈	€ 1.5
점심으로 먹을 샌드위치	€ 3

보름 정도 지내고 나니 이제야 포르투갈의 물가에 대해 대충 감이
잡힌다.

커피 한 잔에 1유로. 우리 집 근처에서 유일하게 스페셜티 커피를
다루는 카페에서도 2.5유로 정도면 적당히 시큼하고 향기로운
핸드 드립 커피를 마실 수 있다.

서울에선 이렇게 근사한 스페셜티 커피 한 잔에 6유로 정도 한다는
말에 사장님의 크고 푸른 눈은 더 커지고, 덥수룩한 수염 사이로 입이
떡 벌어진다. 포르투에선 그 돈이면 맛있는 스테이크에 감자튀김이
나오는 한 끼 식사를 즐길 수 있다. 고급스러운 레스토랑이 아니라면,
10유로로 식사와 디저트 그리고 에스프레소 한 잔까지 가능하다.

이곳 포르투에서의 생활을 낭만적으로만 묘사하고 싶은 마음은 없다.
식비나 식재료 물가는 저렴하지만, 공산품에는 무려 23% 부가세가
붙는다. 서울에서도 살 수 있는 브랜드의 물건과 비교해 보면 한국보다
아주 조금 저렴한 편일 때도 있지만, 무시무시한 유로 환율을 적용하면
큰 차이가 없을 때도 있다.

하지만, 1만원이 조금 넘는 돈으로 내 하루를 이렇게 풍성하게 채울 수
있다면?

각자 좋아하는 카페에서 일하고 이층집으로 돌아가면서 생각한다.
여기서 정말 산다면 어떨까? 그럴 수 있을까? 얼마나 필요할까?
서울에 남겨 두고 온 사람들의 얼굴이 스쳐 지나간다.

이곳에서의 생활은 너무 만족스럽다. 좋은 이유는 끝도 없이 나열할
수 있지만, 가장 날 행복하게 하는 건 똑같은 돈으로 생활을 풍족하게
채울 수 있는 저렴한 물가다. 매일 먹고 씹고 넘기는 질 좋은 음식들.
지금 내 작은 행복은 바로 이 10유로짜리 지폐 한 장에 있다.

Arroz Oriente

€ 0,95

Arroz Caçarola
estufado
€ 1,10

Arroz Louro
€ 0,69

꽃을 사는 삶

H 하경화

포르투로 떠나기 전, 서울에서 잠 못 이루는 밤마다 수십 번 수백 번 상상의 나래를 펼쳤다. 유럽의 작은 도시에서 산다는 건 얼마나 근사한 일일까. 아침엔 도루강가를 산책하고, 작은 카페에서 에스프레소를 마셔야지. 그리고 매일 꽃을 사서 집으로 돌아오는 거야. 상상 속의 우리 모습은 낭만적이기 그지없었다. 그래. 내가 꿈꾸는 건 유럽 여행자의 낭만이었다. 사소하지만 비실용적이고 쓸데없는 일을 매일 마음껏 즐기는 것. 출근길 지하철을 어디서 갈아타는 게 가장 빠른지 계산하지 않고 철저히 로망을 좇는 것.

포르투에 도착하고 나흘쯤 지났을까. 부엌에 도마가 없다는 걸 깨닫고 장을 보러 나섰다. 아직 눈에 익지 않은 낯선 길을 걷는 것 자체가 큰 설렘이었다. 이것이 유럽의 날씨다, 하고 으스대듯 하늘이 맑았다. 집 근처 뒷길을 걷다가 모퉁이를 도니 작은 꽃집이 나왔다. 에디터M이 "꽃을 사자"고 했다. 오래 상상하던 그 풍경이 눈앞에 있었다.

작은 꽃화분은 1유로, 허브는 1.5유로였다. 서울에서 종종 가던 꽃집처럼 세련된 곳은 아니었으나 수북하게 쌓인 화분이 정겨웠다. 저녁 메뉴인 스테이크의 마리네이드로 쓰기 위해 로즈메리 화분을 하나 골랐고, 진한 보라색과 꽃분홍색의 꽃다발을 품에 안았다. 원피스를 입고 꽃다발을 품에 안고 장을 보러 가는 두 여자라니. 그날의 우리는 낯간지러울 만큼 상상 속 유럽의 로망과 닮아 있었다. 포르투에 있는 동안 몇 번이고 더 오리라 다짐했다.

물론 우리가 포르투에 머무르며 꽃을 산 건 그날이 처음이자 마지막이었다. 그 뒤로는 치열한 노동의 삶이 펼쳐졌으니까. 보라색 꽃다발은 창백하게 메말라 버렸고, 로즈메리는 해가 너무 잘 드는 곳에 두어 금세 죽어 버렸다. 로망이라고 하는 것들은 이렇게 찰나에 스쳐 지나간다. 마치 관광지에서 파는 보기 좋은 엽서처럼 말이다. 그래도 포르투에 막 도착해 꽃을 사던 그날의 기분은 잊을 수 없다. 자꾸자꾸 꺼내 보게 된다. 엽서처럼. 그날의 낭만, 그날의 설렘. 언젠가 다시 낯선 도시로 떠난다면 우리는 또 꽃을 사겠지.

집안일 판타지아

H 하경화

포르투 이층집에서의 생활 일주일 차. 아직은 달그락달그락 소꿉놀이를 하는 것 같다. 그중 내가 맡은 역할은 모두의 식사를 해결하는 일이다. 끼니마다 무얼 해 먹어야 하나 고민하고, 손끝에서 마늘 냄새가 가실 날이 없다. 손톱 사이에 스민 생마늘 냄새를 킁킁대며 투덜댔지만 영 싫지만은 않다.

이국적이고 질 좋은 식재료가 넘쳐나는 이곳. 매일 푸짐하게 장을 봐서 냉장고를 꽉꽉 채워 둔 뒤 손에 닿는 것들을 지지고 볶아 한 끼 식사를 준비하는 과정은 마치 놀이 같다. 해가 좋은 날에는 테라스에 빨래를 널어야 하는데 빨랫감이라고 해 봐야 별것 없다. 손빨래한 속옷이나 티셔츠를 널어놓는 정도다. 물기가 남아 있는 팬티를 탁탁 털어 내고 노오란 빨래집게에 매달아 둔다. 마치 그림 같다.

고달프지 않은 것은 아니다. 하지만 식사를 준비하고 집 안을 정리하고, 그릇을 씻는 일엔 갈등이나 고민이 없다. 단순한 과정과 결과만이 있을 뿐. 한 번도 가사 노동에 시달려 본 적 없는 나의 비일상적인 판타지인 것이다. 매일 팬티를 비벼 빨아도, 내 손은 여전히 두부마냥 부드럽고 뽀얗다.

내가 '먹는 일'에 대한 책임을 떠맡은 건 요리를 가장 잘하기 때문은 아니다. 막내인 기은은 요리에 서툰 편이지만, 요령 좋고 식탐이 강한 에디터M은 뭐든 뚝딱 만들어 낸다. 나는 잘한다기보다는 요리 과정 자체를 좋아한다. 게다가 오지랖이 넓다. 내가 만든 요리가 누군가의 입에 들어가는 순간을 상상하며 즐거워하고, 각자의 입맛이나 취향을 고려하는 과정은 유희에 가깝다.

먹고사는 행위에는 나도 모르게 열중하게 만드는 힘이 있다. 기름이 지글지글 끓는 소리를 들으면 잡념이 사라진다. 서울에서 일어났던 모든 복잡한 일들. 설득해야 하고 조율해야 하고, 갈등을 겪어야 하는 모든 관계들이 저만치 멀어진다.

솔직히 말하자면 어설픈 주방장 노릇이 너무 재밌어서 모든 걸 등지게 된다. 한국에서 쏟아지는 메일과 문자, 전화를 외면한 채 그저 다음 끼니를 고민할 뿐. 내일 아침은 무얼 해 먹을지, 저녁엔 어떤 레스토랑을 갈지. 입안에서 꼭꼭 씹어 삼킬 수 있는 고민들만 마주하는 지금. 집안일이 이리 즐거우니 아직 내가 이방인의 판타지 속에 살고 있구나 싶다.

매일 장 보는 여자들

M 이혜민

포르투에서 식욕이 늘었다. 모든 메뉴, 모든 식재료, 모든 술을
빠짐없이 맛보고 탐하고 싶어졌다. 배꼽시계는 끼니마다 지치지도
않고 울려댔다.

"오늘 뭐 먹지?" 이층집의 세 여자는 끼니마다 진지하게 고민한다.
모든 혼돈에도 질서가 있듯 배가 고파도 아무렇게나 먹진 않았다.
대충 이런 식이다. 어제 저녁을 나가서 먹었으면 오늘 아침은 집에서
먹는다. 아침 점심은 대체로 간단하게 저녁은 성대하게.

우리가 사는 곳에서 100m 반경에만 크고 작은 마트가 4개, 간단한
끼니를 해결할 수 있는 카페는 5개나 있었다. 조용하고 살기 좋은
동네다. 민낯에 슬리퍼를 꿰차고 마트를 다니곤 했다. 집 앞 청과물
가게 주인아저씨와는 눈인사를 할 정도로 친해졌다.

"사도 사도 왜 자꾸만 살 게 생길까?"

사람이 먹고살기 위해서 이렇게나 많은 물건이 필요하다니.
한국에서는 따뜻한 집밥(부모님이 차려 주는 밥)을 먹고 살아온
세 명의 여자는 매일 장을 봐도 필요한 물건이 자꾸만 생기는
현실이 놀랍다.

마트 구경은 재미있었다. 직접 요리를 해야 하는 우리에게 마트는
무한한 가능성이 열린 도화지 같았다. 식재료 하나에 가능한 요리가
무궁무진하게 펼쳐지는 것이 즐거웠다. 마트로 입장하는 순간 우리는
일사불란하게 자신의 취향대로 흩어진다.

요리를 담당하고 있는 에디터H는 식재료부터 산다. 익숙한 듯 낯선
식재료들은 그녀의 모험심을 자극한다. 조개가 질이 좋아 보이니 그걸
사서 조개탕을 해 줄게. 남은 건 봉골레 파스타 해 먹자. 간단하게
굽기만 하면 먹을 수 있는 스테이크용 고기도 두 덩이 정도 살까?
양파랑 마늘, 파는 요리에 필수니까 미리미리 쟁여 두는 게 좋겠어.
케첩, 마요네즈, 디종 머스터드, 바질 페스토도 있어야 해. 매콤한 게
당기는 순간을 위해 핫소스도 사 두자. 소스는 많을수록 좋잖아?
언니들이 소스를 사 모으는 동안 막내는 잼을 모은다. 복숭아, 호박,
무화과까지. 그렇게 우리 이층집엔 빵을 절여 먹어도 될 만큼 많은 잼이
모였다. 그러니 자연스레 빵을 사고, 잼을 사고, 또다시 빵을 사고….

물만큼 싼 술은 끼니마다 빠지지 않았다. 포트와인부터, 레드와인, 화이트와인, 상그리아 그리고 맥주까지 라인업도 화려했다. 알코올 도수가 2% 정도라 낮에도 음료수처럼 마실 수 있는 레몬맥주도 필수였다. 우리가 여기서 술꾼이 되어 돌아가는구나, 늘 생각했다. 와인을 샀으니 안주도 필요한 법. 세 종류의 작은 치즈가 샘플러처럼 모여 있는 것을 본 순간 잼과 크래커를 더해 안주로 만들 계획이 머릿속에 착착 세워진다.

마트에선 동네 주민들의 힐끔대는 시선이 느껴진다. 여행자의 외모를 한 세 명의 동양 여자가 식재료를 잔뜩 사서 계산대에 올려 두니 놀랄 법도 하지. 어쩌면 뜨내기와 현지인의 가장 큰 차이는 바로 장바구니의 내용물인지도 모르겠다. 덕분에 디에디트 냉장고는 언제나 만실이었다. 디에디트가 포르투갈에서 잘 살았는지는 모르겠지만, 적어도 잘 사고 잘 먹었던 건 분명하다.

작은 카페에서
완벽한 오렌지 주스를 만날 확률

M 이혜민

사랑은 아주 작은 것에서부터 시작된다. 가령 어디서나 흔하게 볼 수
있는 오렌지 주스 같은 것에서.

포르투는 오렌지 주스가 맛있다. 정말이다. 아무 곳에나 들어가서
오렌지 주스를 시키면 갓 짜낸 신선한 주스를 가져다준다. 가게마다
쓸데없이 큰 기계를 가지고 있는데, 정부에서 지원을 해 주는 게
틀림없다. 그게 아니라면 고작 몇 유로짜리 오렌지 주스를 위해 저렇게
크고 거추장스러운 기계를 사는 게 가능할 리 없다.

카페인 섭취 1일 권장량을 맥시멈으로 끌어다 쓴 날이나, 씁쓸한
커피가 당기지 않는 날엔 어김없이 오렌지 주스를 주문한다. 방금 짜낸
오렌지 주스는 테이블 위에 안착하는 순간부터 강력한 향을 내뿜기
시작한다. 오렌지 껍질에서 느낄 수 있는 휘발성 기름의 향이다. 방금
짰다는 건 부인할 수 없는 사실이지만, 사실 비주얼은 썩 좋지 않다.
오렌지색 가루를 제대로 섞지 않은 것처럼 두 개의 층이 분리되어
있다. 당연히 설탕 범벅의 주스보다는 심심한 맛이지만 자연 그대로의
오렌지 향이 훅 들어오니 맛이 없을 수가 없다.

작은 동네 카페에서 갓 짜낸 오렌지 주스를 파는 것. 마치 포르투란
도시를 꽉 짜낸 것처럼 보인다. 느리고 번거로운 것, 마트에서 파는
노란 오렌지 주스보다 딱히 보기 좋은 것도 아니라는 점에서. 하지만
동시에 이건 진짜다. 신선하고 건강하다. 모든 것이 효율적으로
돌아가는 우리의 서울에서는 찾아보기 힘든 삶의 방식이다.
그리고 아마 서울에서는 이런 오렌지 주스를 흔히 마시지 못할 것이다.

우리 어디서 만난 적 있나요?

M 이혜민

이곳에서의 시간은 느린 듯 빠르게 흘러간다. 손님이 자리에 앉아도
주문을 받을 생각이 없는 웨이터와 점심시간이 지나면 잠시 문을 닫는
집 앞 마트, 느지막이 출근했다가 4시면 칼퇴하는 우리 집 맞은편
사무실 아저씨. 뭐든 빠르게 처리되는 서울의 시간에 익숙했던 우리
세 명은 이제야 조금 포르투의 시계와 맞춰 가는 중이다.
한 달. 이방인으로서는 길고, 사는 사람으로서는 짧은 시간이다.
이곳에서 우리를 스쳐 지나가는 사람들의 얼굴을 떠올려 본다.
포르투 사람들은 하나같이 여유롭다. 내 눈길이 닿는 사람마다
누군가와 정답게 대화를 나누고 있거나 미소를 짓고 있다. 오늘은
짬짬이 모아 둔 포르투의 얼굴들을 꺼내 볼까 한다. 여기 이곳 그리고
사람들의 여유가 이 글을 읽는 여러분에게도 전달되었으면 해서.

시내를 돌아다니다 보면 검은 망토를 걸친 무리를 쉽게 찾아볼 수
있다. 수상한 사람들이 아니니 걱정은 하지 않아도 된다. 그저 좀
소란스럽고 패기 넘치는 젊은이들일 뿐이다. 검은 망토는 포르투갈
대학의 교복이다.

이 도시는 조앤 롤링이 〈해리포터〉를 집필했던 도시다. 호그와트의
귀여운 망토도 바로 이 포르투갈의 교복에서 영감을 받았다고 한다.
소란스러운 젊은이들의 정체가 궁금해서 찾아보니 프라스(Praxe)라고
불리는 포르투갈 대학교의 관례 중 하나로, 대학의 첫 번째 학기가
끝나면 치르는 일종의 신고식이다. 때마침 지금이 한창 그 시즌이더라.
교복과 우스꽝스러운 모자를 쓰고 기이한 행동으로 자신의 무지함을
알리는 게 목적이라고. 우리나라 대학 신입생 신고식과 비슷하다고
이해하면 되겠다. 젊은이들이란! 나는 보는 것만으로도 진이 빠진다.

#2

앞의 사진은 내가 가장 사랑하는 것 중 하나다. 작은 우산 하나를 나눠
쓰고 빗길을 걷는 정다운 부부의 모습. 남자의 허리를 살짝 쥐고 있는
아내와 한쪽 어깨를 기꺼이 비에 내 준 남편의 모습이 로맨틱하다.

#3

세로로 긴 모양을 한 포르투갈은 기차가 굉장히 발달되어 있다. 소설
‹리스본행 야간열차›가 괜히 나온 게 아니라니까. 아줄레주 장식이
아름다운 상 벤투(SÃO BENTO)역에서 열차를 기다리는 커플의 모습.
이 사진을 찍자마자 열차가 플랫폼에 도착했고, 남녀는 열차를 타고
어디론가 떠나 버렸다. 그냥 문득 궁금하다. 이 커플은 어디로 갔을까?

#4

만날 사무실에서 노트북 화면만 보는 게 지겨워진 우리는 집 근처
카페를 찾았다. 그저 지루하고 조용하기만 한 줄 알았던 거리를 약간의
모험심을 갖고 살펴보니(우리가 이 모험심을 갖는 덴 일주일이 넘게
걸렸다), 포르투의 모든 힙스터와 젊은이들이 집 앞 골목에 포진해
있었다.

이 카페는 포르투가 아니라 브루클린을 고대로 옮겨 둔 것 같은
힙이 넘쳐흐른다. 자전거를 끌고 들어가는 멋진 남자는 이 카페의
사장님이다. 나중에 커피 문화에 대해 진득하게 대화할 일이 있었는데,
스페셜티 커피에 대해 굉장히 멋진 철학과 뚜렷한 주관을 가진 진정한
힙스터였다.

#5

포르투에 대한 인상 중 하나는 거리마다 아티스트가 넘쳐 난다는
거다. 골목마다 그래피티가 가득하고, 히베이라의 경우 10m 간격으로
악사가 있다. 한 골목에서 한 곡이 페이드인 → 페이드아웃, 다음
골목에 들어서면 다른 악사의 다른 곡이 페이드인 → 페이드아웃되는
기묘한 경험을 할 수 있다. 나의 메말랐던 예술 감수성이 촉촉해지는
느낌이다. 사진은 인적이 드문 거리에서 묵묵히 트럼펫을 불고 계셨던
아저씨.

#6
날이 찢어지게 좋았던 어느 날, 광장 벤치에 앉아 있던 할아버지.
새하얀 재킷과 모자 그리고 백발이 멋스럽다.

사진을 불러오면서 셔터를 눌렀던 순간을 찬찬히 곱씹는다. 언젠가
외국인들 눈에 비친 서울의 모습이 궁금했던 적이 있다. 그들의 눈엔
서울이 어떻게 보일까? 써 놓고 보니 남의 눈을 의식하기 좋아하는
지극히 서울러다운 생각이다.
하지만 이 모든 것이 끝나고 서울로 돌아갔을 때, 지금의 나와 같은
이방인의 눈에 비친 내 모습도 이렇게 여유로워 보일 수 있었으면.
이 멋진 사진들처럼 나도 피하지 않고 방긋 웃어 보리라.

김치 담그는 날

H 하경화

그래 맞다. 포르투에서 김치를 담갔다. 해외에서 한식을 못 먹는다고
앓아눕는 타입은 아니다. 그래도 외지에서 한 달이나 살아 본 건
처음이니까. 게다가 우리 일행의 입맛이 모두 포르투 요리에 착
들어맞으리라는 보장도 없지 않나. 출발 전부터 밥걱정에 열을 올리던
내게 엄마가 비장의 무기를 건넸다. 바로 고춧가루와 멸치 액젓. 이것만
있으면 세상 모든 풀때기를 김치로 변신시킬 수 있다는 얘기였다.
맵기로 소문난 우리 집 고춧가루를 한 봉지 가득 챙겨 넣으니 마음이
든든해졌다. 비록, 에디터M은 이런 나의 극성맞음을 비웃으며 고개를
절레절레 저었지만 말이다.
포르투에 도착하자마자 동네 마트와 시장을 돌며 채소 정탐에 나섰다.
어떤 것들은 한국과 비슷해 보이지만, 어떤 것들은 조금씩 달랐다. 파는
한국 것보다 훨씬 억세고 컸으며, 배추는 이파리가 가늘고 몸집은 컸다.
고민 끝에 양상추와 배추의 중간 정도로 보이는 걸 한 포기 사 왔다.
집 앞 마트 아저씨가 몇 번이나 이름을 알려 주셨지만 결국 발음하는
데엔 실패했다. 괜한 모험심에 열무로 추정되는 채소도 한 단 구입했다.
인생 참 재밌다, 싶었다. 포르투갈의 포르투라는 낯선 도시에서 생애
첫 김치 담그기에 도전하게 될 줄이야.
신나게 마늘을 다지고 굵은 소금을 뿌려 배추와 열무를 절였다.
맨손으로 소금을 만지면 손이 따끔따끔 아프다는 것을 처음 배웠다.
제대로 절여진 배추가 얼마나 쪼그라드는지도. 이 순간을 영상으로
담겠다고 카메라를 설치해 놓고 수선을 피웠다. 셋이 테라스에 모여
앉아 너무나 엉망진창으로, 그러나 열심히 김치를 담갔다. 틀림없이
실패할 것 같다고 깔깔 웃었다. 사투 끝에 작은 통 하나 분량의 김치가
완성됐다. 한 포기의 배추가 이리도 보잘것없었다니.

그래도 딴에는 김장 날이라고 아껴 두었던 라면을 첫 개시했다. 커다란
냄비에 알뜰하게 라면 두 봉지를 넣어 보글보글 끓이고 달걀까지
풀어 상에 올렸다. 수육도 삶았으니 제법 분위기를 낸 셈이다. 라면
한 젓갈에 김치 한 조각을 얹어 호로록 삼켰다. 김치 맛은 놀랍게도
훌륭했다. 서로의 얼굴을 바라보며 믿을 수 없다는 표정을 지었다.
쌉싸래한 열무김치도 맛이 좋았다. 그날부터 김치는 우리 식탁의
보물이 됐다. 포르투의 포슬포슬한 밥에 열무김치를 올려 비벼 먹는 건
기은이가 가장 좋아하는 브런치 메뉴였다. 한 포기만 담근 걸 후회하며
아껴 먹었을 정도로.
포르투에서 지내는 동안 온갖 산해진미를 다 먹고 다녔다. 하지만 직접
담근 김치의 맛은 이상하게 각별했다. 셋이 마주 보고 웃던 그 테라스,
마늘 때문에 엉망이 된 바닥, 소금기에 아리던 손바닥, 아무것도
모르고 배춧잎을 주무르던 그 서툰 손놀림. 다시 돌아오지 않을 매콤한
맛이다.

뒷골목의 정육점

M 이혜민

우리가 머물고 있는 이층집은 관광지에서 조금 떨어진 한적한
주택가다. 골목마다 점을 찍듯 다양한 가게들이 숨어 있다. 초록색
대문을 지나 오른쪽으로 돌면 청과물점이 왼쪽으로 돌면 투박한
정육점이 나타난다. 포르투의 여느 가게와 마찬가지로 어느 날 문득
생각났다는 듯 문을 여는 곳이다.
김치를 담근 날이었다. 해외에서도 김치를 담근 이날을 축하하고
싶었다. 성대한 파티엔 고기가 빠질 수 없지. 에디터H와 테이블 위의
현금을 있는 대로 집어 들고 대문을 나섰다. 정육점이 문을 열었을까?
알 수 없었다.

빨간색 네온사인이 반짝였다. 다행히 오픈이었다. 조심스럽게 문을 연
우리에게 가게 안의 주인아저씨는 경계의 눈빛을 보냈다.
정육점은 그 목적에 매우 충실했다. 화이트가 지배하는 내부엔 새빨간
고기와 더 빨간 네온사인만이 유일한 색이었다. '치이이익', '냠냠'.
할 수 있는 모든 의성어와 손짓 발짓까지 동원해 스테이크 만들
고기라는 걸 설명했다. 구글 번역 덕분에 우리의 의사소통은 꽤
성공적인 것처럼 보였다. 아저씨는 포르투갈어로 'yes'라는 뜻의 'sim'을
연신 외쳤다. 능숙하게 고기를 자르는 모습이 그렇게 멋질 수가 없었다.
아저씨가 우리에게 건넨 것이 소가 아니라 돼지고기였다는 건 이미
조리를 다 끝낸 뒤에야 알게 되었다. 허여멀겋게 구워진 고기를 보며
우리는 깔깔대며 웃었다. 하지만 조금 퍽퍽하게 조리된 돼지 수육과
김치의 궁합은 말할 것도 없이 좋았지.

소풍의 맛

H 하경화

소풍이라는 말에는 향수가 앞선다. 어릴 적 소풍 날 아침에 일어나면
참기름 냄새가 진동을 했다. 엄마, 내 김밥엔 단무지 빼 줘, 단무지 싫어.
대나무 발을 돌돌 말아 조심스럽게 눌러 동그란 김밥이 만들어지면
엄마는 거기에 쓱쓱, 아주 무심하게 참기름을 발랐다. 까만 김이
반지르르 빛났다. 김밥은 소풍 그 자체였다.

포르투의 첫 소풍을 위해 김밥 대신 샌드위치를 준비하기로 했다.
집 앞 빵집에서 사 온 뻣뻣한 빵을 반으로 가르고 가볍게 구웠다.
셋 다 입맛이 다르니 내용물도 다르다. 냉장고에 식재료가 풍성한 덕에
변주는 얼마든지 가능하다. 내 몫의 샌드위치엔 바질페스토를 잔뜩
발랐다. 달걀을 좋아하는 기은의 샌드위치엔 달걀을 따로 부쳐 넣었고,
에디터M의 샌드위치엔 하몽을 넣었다. 루꼴라와 치즈, 햄까지 겹겹이
넣으면 완성이다. 별거 아닌 것 같은데 손이 제법 많이 갔다.

걸어서 5분 거리의 작은 공원으로 떠나는 소풍인데 유난스러운 성격
탓에 준비물도 많다. 이층집 찬장에서 딱 맞춤인 라탄 바구니를 찾았다.
이거야말로 유럽 피크닉의 로망이 아닌가. 샌드위치와 음료, 과일,
맥주를 챙겨 넣었다. 마땅한 돗자리가 없어서 내 침실에 있던 담요를
희생시키기로 했다. 묵직한 바구니를 들고 공원에 도착해 보니 우리만
다른 별에서 온 사람들 같다. 굳이 까만 머리카락 때문만은 아니다.
무심히 잔디밭 위에 드러누운 사람들 사이에서 요란스럽게 자리를
깔고 바구니와 도시락을 꺼내 놓으려니 머쓱해진다. 심지어 블루투스
스피커까지 가져왔는 걸.
찰칵찰칵 인증 사진을 찍고, 주변을 둘러봤다. 돗자리 하나 없이 풀밭
위에 그대로 누운 사람들은 모든 게 단출하다. 가벼운 옷차림, 손에 쥔
작은 책 한 권. 배낭을 베개 삼아 햇빛에 얼굴이 그을리는 두려움도
없이 잠이 든 사람들. 인스타그램 속 해시태그에 연연할 필요 없는 집
앞 공원의 진짜 오후.

카메라를 내려놓고 샌드위치를 먹기 시작했다. 부드러운 빵이
아니라서 오래 씹어야 제맛이 났다. 맛있다. 목이 메어 맥주도 마셨다.
좋아하는 음악이 조용히 흘러나온다. 유럽 스타일은 아닐지언정
모든 걸 챙겨 온 맥시멀리스트의 풍족한 소풍도 나쁘지 않다. 맥주에
취한 배부른 에디터M은 돗자리 한쪽 구석에서 잠이 들었다. 풀밭에
흐트러진 노오란 머리카락이 현지인 뺨친다. 역시 소풍은 김밥이지.
아니, 샌드위치. 오래 씹을수록 맛이 나는 것들. 소풍의 맛.

거리의 색, 택시

M 이혜민

개인적으로 도시의 색, 아니 조금 더 정확히 말하면
도시 이미지의 상당 부분은 택시에서 온다고 믿는다.
골목골목을 누비는 택시는 거리의 색을 결정짓는다.
뉴욕의 옐로 캡, 홍콩의 빨간 택시 같은 것들 말이다.
포르투의 택시는 무게감 있는 블랙 컬러에 머리
꼭대기엔 귀여운 에메랄드 색 모자를 쓰고 있다.
멋쟁이 중년 신사처럼 보이지만 운전은 절대 신사처럼
하지 않는다. 나는 포르투 택시가 이 도시의 이미지와
많이 닮았다고 느꼈다. 그래서일까? 나중에 내가 찍은
사진을 들춰보니 곳곳에 포르투 택시가 담겨 있었다.
아이러니한 것은 이 멋진 포르투 택시를 한 번도
타보지 않았다는 사실이다.

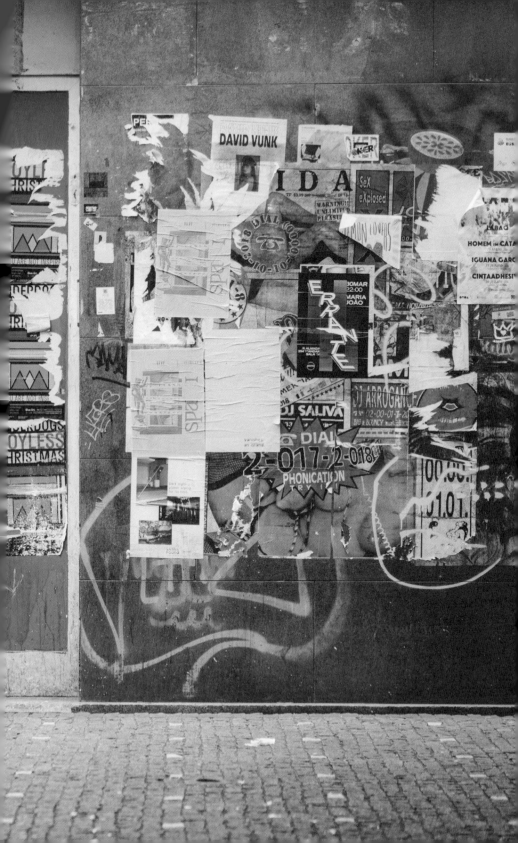

도루강을 달리는 여자

H 하경화

같은 도시로 떠나지만, 세 명의 위시 리스트는 각각 달랐다.
에디터M은 해 좋은 날 테라스에 앉아 책을 읽으며 담배 한 대 태우는
시간을 꿈꿨고, 나는 도루강의 야경을 보며 원 없이 와인을 마시는
꿈을 꿨다. 대체로 앉은뱅이 행복이다. 우리 중 가장 활동적인 막내의
꿈은 조금 달랐다. 매일 아침 운동화 끈을 단단히 묶고 러닝을 즐기는
게 그녀의 로망이었다. 언니들에 비해 얼마나 건강한 로망인가!
사실 나는 운동이라면 젬병이다. 하지만 막내의 반짝이는 꿈에
반해 새벽부터 수선을 떨며 함께 달리러 나갔다. 첫날엔 길을 잘
몰라 무작정 도루강 쪽으로 뛰기로 했다. 우리가 살던 이층집은
포르투에서도 지대가 아주 높은 동네였기 때문에 발목이 뻐근할
만큼 가파른 내리막과 오르막이 반복됐다. 그러다 강을 건너게 됐다.
포르투는 도시 정중앙으로 강이 흐르기 때문에 다리가 많다. 가장
유명한 동 루이스 다리 외에도 비슷한 규모의 철교가 여럿이다.
우리가 매일 아침 건너던 다리의 이름은 지금도 모르겠다. 관광객이
바글거리는 동 루이스 다리와는 달리 걷는 사람이 거의 없는 한적한
다리였다. 출근길의 자동차들이 아침부터 맹렬하게 달리는 까만 머리
여자들을 신기한 듯 쳐다보곤 했다.
강 위를 달리면 바람이 세차게 불곤 했다. 야무지게 묶은 머리카락이
이리저리 뒤엉켰다. 5월의 아침 바람은 춥지 않았다. 강가의 풍경이
철교 난간 너머에서 넘실거렸다. 우리는 잠시 멈춰 처음 보는 풍경을
마음껏 즐겼다. 나는 거친 숨을 고르고 있었지만 평소 러닝을 즐기는
막내는 땀 한 방울 흘리지 않고 있더라.
강 건너편에서 바라본 포르투는 또 달랐다. 달리지 않았다면 몰랐을
작은 공원도 발견했다. RPG 게임 속에서 공간을 하나하나 발견해서
정복해 나가는 것처럼 우리도 그랬다. 알고 보니 모로의 정원(Jardin
do Morro)이라는 곳으로 포르투에서 가장 멋진 풍경을 볼 수 있는
장소였다. 구시가지와 도루강의 풍경이 한눈에 내다보였다. 여러 번
심호흡을 했다.

사실 사진도 많이 찍지 않았다. 이 도시에서 가장 훌륭한 포토 스폿을 찾아 놓고 사진을 제대로 찍지 않은 건 아이러니한 일이다. 하지만 그냥 계속 바라봤다. 아무도 없는 이른 아침에 이런 광경을 독차지할 수 있는 내 인생이 너무 근사한 것 같아서, 이상하게 코가 시큰거렸다. 집에 돌아오는 길엔 아무 카페나 들어가서 운동복 주머니에 소중하게 담아 온 10유로로 거한 아침을 먹었다. 오렌지 주스와 커피, 샌드위치, 달콤한 빵, 케이크까지.

막내가 "아침 운동 좋죠?" 하고 물었다. 나는 그렇다고 순진하게 고개를 끄덕였다. 제법 할 만한 운동인 것 같았다. 다음 날부터 그녀가 어마어마한 스피드로 달릴 거라곤 생각도 못한 채 말이다.

시간이 지나고 포르투 생활에 적응할 무렵엔 서울에서 그랬던 것처럼 늘어지게 늦잠을 자기 시작했다. 그래도 한참 유럽 생활의 낭만에 취해 있을 때의 그 아침 러닝은 달콤한 기억으로 남아 있다. 도루강의 바람, 나뭇잎 사이로 햇살이 쏟아지던 공원, 포르투 사람들과 나란히 앉아 아침을 먹던 카페테리아. 모든 것들이.

낯선 사람의 친절을
조심하세요

M 이혜민

5월의 어느 목요일

06:29 PM

모든 것은 순식간에 벌어졌다. 외출이라고는 걸어서 10분 거리의 마트에 가는 게 전부. 사무실에 짱 박혀 내내 일만 하던 디에디트의 세 여자가 쇼핑을 하겠다고 주머니에 두둑하게 현금을 챙겨 길을 나선 참이었다.

"난 카페에 앉아 있을게. 다들 쇼핑하고 와."

그날은 어쩐지 뭘 사고 싶은 기분이 아니었다. 억지로 끌려 나온 아빠 같은 멘트를 날리고, 막내 에디터, 에디터H와 헤어진다. 바람이 솔솔 부는 카페테라스에 앉아 에스프레소 한 잔을 시킨다. 에스프레소는 금방 바닥을 보였다. 지나가는 관광객과 지는 노을을 바라보는 것도 지겨워진다. 거리의 사람들은 하나같이 만족스러운 얼굴을 하고 양손 가득 쇼핑백을 들고 있다. 그래, 쇼핑이나 하자. 자리를 박차고 일어나 눈앞에 보이는 아무 가게나 들어간다.

07:00 PM

3초의 법칙을 아시는지. 누군가를 처음 만났을 때 그 사람과 사랑에 빠질 것인지 아닌지는 단 3초 안에 결정된다는 이론이다. 쇼핑도 크게 다르지 않다. 이게 내 것인지 아닌지는 3초 안에 결판이 난다. 길게 고민해 봤자 에너지만 낭비할 뿐이다. 속전속결. 내 자랑은 빛보다 빠르게 돈을 쓸 줄 안다는 것.

"어라 이것 봐라?"

별 기대 없이 들어간 가게에는 생각보다 마음에 드는 옷이 많았다. 하나둘씩 고르다 보니 두 개의 쇼핑백이 가득 찼다. 돈을 쓰면 기분이 좋아진다. 룰루.

"어디야?"

헤어졌던 에디터H에게서 메시지가 왔다. 방탕했던 쇼핑의 끝을 알리는 종소리다. 오늘 쇼핑은 여기까지. 너무 많은 시간을 보냈나 싶어 빠르게 결제를 완료한다. 내 전리품으로 가득 찬 쇼핑백을 양손에 가득 쥐고 나니 기분이 한결 좋아진다. 잠시 떨어져 있던 막내 기은과 에디터H와 조우한다.

"언제 또 이렇게 많이 샀냐, 우리는 니가 기다릴까 봐 쇼핑도 제대로 못 했다. 꼭 혼자 이렇게 많이 사더라……" 종알종알종알. 잔소리는 귓등으로 흘린다. 그들은 내가 이렇게나 많이 산 게 상당히 억울했는지 서둘러 다른 가게로 발걸음을 돌린다. 난 오늘 나에게 허락된 쇼핑 게이지를 모두 채웠다. 나는 구석에서 또 혼자만의 시간을 잠시 갖기로 한다.

가방 안에 라이터가 없다. 양손에 짐은 한가득이고, 가방은 너무 크다. 낑낑거리며 가방을 뒤지고 있는데 한 남자가 나타났다. 불을 붙여 주려는 듯 손에는 라이터를 쥐고 있다. 호의는 거절하는 것이 아니라고 배웠다. 동방예의지국에서 온 나는 담배를 가져다 대고 그는 불을 붙여 준다. 역시 흡연자끼리는 통하는 게 있어, 하는 순간.

"%^&*()(*&^*)…??"

남자가 뭐라 말하며 내 담배를 가리킨다. 검지와 중지를 세워 입에 가져다 대며 담배를 피우는 시늉을 한다. 아, 담배를 빌려 달라는 거구나. 여기도 담배가 비싼가? 의아하지만 나는 흔쾌히 담배 한 개비를 건넨다. 그는 고맙다는 제스처를 취하고 빠르게 골목으로 사라진다.

사건은 순식간에 일어났다. 아이폰이 보이지 않는다. 습관적으로 애플워치를 확인한다.

"?"

애플워치와 블루투스 연결이 끊겼다. 빨간 표식을 확인한 내 심장이 포르투의 돌바닥으로 쿵 떨어졌다. 미친 사람처럼 아까 쇼핑한 매장을 다시 찾았지만 있을 리가. 그제야 깨달았다. 나의 아이폰 X는 담배를 빌려 간 그 자식 주머니에 있는 게 분명했다.

"없다. 없어. 내 256GB 아이폰 X가 없다!"

놀라운 사실은 그가 훔친 내 아이폰으로 메시지를 보냈다는 거다. 에어비앤비 호스트와 대화하던 왓츠앱 단체 대화창에 "Thanks usual"이라는 메시지를 보냈더라. 에디터H의 폰으로 내가 보낸 적 없는 내 이름의 메시지를 확인하고 머리가 땅해진다. 그래, 140만 원 정도 하는 아이폰 X(256GB!!!)를 너무나 쉽게 슬쩍했으니 얼마나 고마울까.

나중에 듣고 보니 이런 범행은 주로 2인 1조로 이루어진다고 한다. 한 명이 피해자에게 다가가 주의를 분산시킨 사이, 다른 한 명이 슬쩍하는 거라고 막내가 썩 어른스러운 표정으로 말한다. 어떻게 그런 것도 모를 수 있냐고. 혀도 쯧쯧 찬 것 같은데 정신이 없어 정확히 기억은 나지 않는다. 이후 몇 시간이 어떻게 흘러갔는지 모르겠다. 포르투갈에서 소매치기를 당해 아이폰을 잃어버리다니. 난 뭘까. 왜 살까. 어떻게 해야 하나. 누가 뇌의 일부분을 떼어 버린 것처럼 사고 회로가 멈추고, 인생이 허무하고 정신이 혼미했다.

이 와중에 앙큼한 에디터H는 이 상황을 영상으로 남겨 두기까지 했다. 〈추적 60분〉에 버금가는 생생한 현장이 궁금하다면, 디에디트 유튜브에서 영상을 확인할 수 있다(연기라곤 1도 없는 리얼한 나의 표정이 키포인트다).

에디터H가 가지고 있던 여분의 아이폰8 플러스에 백업을 하고, 아이폰 분실 기능을 켰다. 혹시 영어를 알아듣지 못할지도 모른다는 생각에 포르투갈어 번역기까지 돌려 협박(?) 메시지까지 보냈다.

"넌 내 폰을 훔쳐 갔어. 난 널 찾을 거고, 넌 벌을 받게 될 거야."

그날 밤은 쉽게 잠들지 못했다. 실컷 욕이라도 할 걸. 생각하고 또 생각해도 참 분했다. 나쁜 놈들의 손에 들어가 강제로 모든 기억을 지우고 제3세계로 팔려 갔을 내 아이폰을 생각하니 마음이 갑갑해졌다. 결국 내 아이폰과 다시는 만나지 못했다. 천성이 무디고 사람에 대한 경계심이 부족한 나는 아주 비싼 값을 치르고 교훈을 얻었다. 나의 희생(?) 덕분에 우리는 모든 사람을 경계하고 열심히 장비를 챙겼고, 그 이후엔 큰 사건 없이 포르투 일정을 끝낼 수 있었다.

지금은 그 쇼핑 골목을 '소매치기 거리'라고 부르며 깔깔대기도 한다. 여러분도 모두 소매치기를 조심하세요. 특히 낯선 사람이 뭘 빌려 달라고 하면, 절대 빌려 주지 마시고요.

산타 카타리나의 친절한 사람

H 하경화

우리가 머물던 이층집은 너무 조용한 동네에 위치하고 있어 때때로
도시 외곽에 사는 것 같은 착각이 들었다. 하지만 몇 걸음만 걸어
나가면 금세 번화가가 나온다. 에디터M이 소매치기를 당했던 거리
역시 집에서 도보로 10분 거리였다. 포르투 최고의 쇼핑 거리.
그 명성에 걸맞게 평일 낮에도 엄청난 인파로 북적인다. 세계에서
가장 아름다운 카페라는 '마제스틱 카페'를 시작으로 자라, 버쉬카,
아디다스 등 유명 브랜드 숍이 들어서 있다. 서울로 치면 명동과 닮은
이곳도 관광객과 뜨내기가 많다. 아이폰 소매치기 사건 이후로 우리는
그곳을 '소매치기 거리'라고 불렀다. 정확히 말하면 나와 기은만
그렇게 불렀다. 에디터M은 아이폰을 도둑맞은 트라우마로 인해
그 명칭을 강하게 부정했다. 자꾸만 '프랑크 거리'라는 어색한 이름을
강요했다. 거리 초입에 프랑크(fnac)라는 전자 제품점이 있어서 대충
갖다 붙인 것 같았다. 하지만 끝끝내 프랑크 거리라는 이름을 받아들인
사람은 없었다.
이제와 말하자면 그 번화가의 진짜 이름은 '산타 카타리나 거리(Rua
de Santa Catarina)'다. 포르투 역사 지구 중심에 자리하고 있는데,
무려 1.5km 남짓한 길이라 상점 하나씩 구경하다 보면 반나절이
훌쩍 지난다.

에디터M의 아픈 상처와 바쁜 일정으로 인해 산타 카타리나 거리에
발길을 끊은 지 일주일이었다. 한국에서 후발대로 촬영 감독 C가
도착했다. 도저히 우리끼린 촬영과 기획을 이어나갈 수 없다는 생각에
섭외한 전문가였다. 그는 오자마자 '그림을 다양하게 따야 한다'며
카메라부터 챙겨 들었다. 때마침 날씨도 끝내줬다. 도루강이나 동
루이스 다리, 히베이라 거리 같은 관광지는 날 잡고 촬영할 일이 많을
테니 아기자기한 풍경부터 카메라에 담자고 하더라. 당연히 생각나는
곳은 산타 카타리나 거리였다.

"에디터M이 소매치기 당한 골목이 아주 예뻐요, 거기로 갑시다."
죽상을 한 노랑머리를 데리고 트라우마를 극복하기 위해 길을 나섰다.
포르투에서 지낸 한 달 중 손에 꼽을 만큼 날씨가 좋았던 날이었다.
하늘이 얼마나 새파랗고 구름이 몽글몽글 그림처럼 걸려 있던지 찍는
사진마다 감탄이 나왔다. 지난번에 미처 가 보지 못했던 거리 끝까지
걸어갔다.
C가 만족스러울 만큼 그림을 담은 모양이라 눈에 보이는 아무
카페에나 앉아 쉬어 가기로 했다. 날이 좋아 테라스 자리에 앉았다.
에그 타르트를 팔기에 에스프레소와 함께 주문했다. 나와 C는 1유로의
에스프레소가 이렇게 맛있다는 사실에 호들갑을 떨었다. 그 순간을
남기고 싶어서 인증 샷도 신나게 찍었다. 그 와중에 에디터M은
내가 테이블에 아무렇게나 올려 둔 아이폰을 가방에 챙겨 넣기에
바빴다. 이럴 수가. 유럽 거리에서 가방을 아무 데나 내려놓을 만큼
경계심 없던 그녀가 소매치기 한 번에 변한 것이다. 막내인 기은은
에디터M에게 좋은 인생 교훈이 된 것 같다고 박수를 쳤다.

그러다 문득 카페 점원이 말을 걸었다. 흔한 관광객용 질문이었다. 어디서 왔느냐, 포르투엔 처음이냐, 어디에 묵느냐. 우리 중 영어를 제일 잘하지만 마음에 벽이 생긴 에디터M은 그저 심드렁하게 웃기만 했다. 하지만 그때의 나는 한껏 들떠 있었다. 왜냐면 촬영 감독이 왔으니까! 나머지 동료들이 카메라를 다룰 줄 모르는 탓에 열흘간 촬영 지옥에 시달려 왔는데, 이제 벗어났으니까! 자유의 기쁨을 담아 살갑게 대답을 늘어놨다. 우린 포르투에 사무실을 옮겨서 디지털 노마드 비슷한 걸 하러 왔고, 한 달 동안 여기서 살 거라고. 한 달이라는 말에 깜짝 놀란 점원이 그렇다면 알려 줄 게 있다고 집게손가락을 번쩍 들어 올리곤 무언가를 가지러 사라졌다.

그가 들고 온 건 볼펜과 영수증 한 뭉치였다. 그리고 영수증 뒷면에 흘려 쓴 글씨로 포르투의 좋은 장소들을 메모하기 시작했다. 사진이 잘 나오는 장소, 바깥 풍경을 구경하기 좋은 버스 노선, 일몰을 한눈에 볼 수 있는 전망 좋은 루프탑 레스토랑까지. 가격대도 나쁘지 않은 곳이라는 깨알 같은 설명도 잊지 않았다.

우리는 그 영수증을 소중히 받아 집으로 돌아왔다. 시간에 쫓겨 사느라 그가 추천해 준 모든 곳에 가 볼 순 없었다. 나중엔 영수증 뒤의 메모가 흐릿해져 몇몇 글씨는 알아볼 수 없어졌다. 그래도 가장 힘주어 설명한 루프탑 레스토랑은 잊지 않고 찾아갔다. 그곳에서의 식사가 포르투에서 가장 근사한 시간이었다. 여행 말미에야 가 본 게 많이 섭섭할 만큼.

모든 도시엔 여러 얼굴이 있다. 아름다운 산타 카타리나 거리 역시 때로는 두렵고, 때로는 다정했다. 나는 먼 나라에서 서울로 여행 온 사람을 만난다면 어떤 곳을 이야기해 줄 수 있을까. 영수증 가득 채워 줄 수 있을 만큼 많은 이야기를 갖고 있긴 한 걸까.

푸른 그림, 아줄레주

M 이혜민

포르투 사람들은 어쩜 이렇게 색을 잘 쓸까.
포르투갈의 상징인 파란색 타일 아줄레주는 포르투가
보여 주는 색의 아주 일부분이다. 핑크, 딥 그린, 레드,
오렌지…. 거리는 컬러로 넘실댄다. 서울의 디에디트
사무실 벽을 직접 페인트로 칠하기로 했을 때, 과감한
색을 쓰기란 얼마나 어려운 일인지 배운 터라 우리는
그 대담함에 또 반하고 말았다.

아줄레주는 포르투갈을 대표하는 독특한 타일
장식으로, 포르투갈어로 파란색을 뜻하는 'Azul'에서
따왔다. 정방형의 타일에 푸른 물감으로 다양한
그림을 그려 내는데, 포르투갈의 생활 양식을 볼 수
있는 역사적인 그림부터 어떤 뜻인지 알기 힘든 멋진
패턴까지 다양하다. 한 가지 분명한 건, 작은 그림들이
모여 크고 거대한 무언가를 만들어 낸다는 거다. 푸른
그림들이 만들어 낸 것엔 자꾸 쳐다보게 하는 힘이
있다. 이방인은 자꾸만 카메라를 들이댄다.

8시간 먼 곳에서

H 하경화

"넌 좋겠다, 난 지금 출근 중이야."
한국에 있는 친구들에게 연락이 왔다.
8시간의 시차를 뚫고 띄엄띄엄 메시지가
오갔다. 다들 포르투의 삶이 포근하고
여유로울 거라 생각했다. 그도 그럴 것이 내가
인스타그램에 올리는 사진들은 하나같이
그럴싸해 보였으니까. 나무 바구니를 들고
햇빛 쏟아지는 공원으로 피크닉을 떠나거나,
도루강가에서 그림 같은 인증 샷을 남기는
일상이라니. 포트와인과 유럽의 날씨만으로도
모든 게 완벽해 보일 것이다.
하지만 원래 사진 속 세상은 현실과는 조금
다른 법인 걸. 이곳에서도 내가 가장 많이
들여다본 것은 커서가 껌뻑거리는 맥북
화면이었고, 가장 많은 시간을 보낸 건 햇빛이
잘 들지 않는 이층집 거실 소파였다. 고개를
들면 에디터M도 거북이처럼 목을 빼고
노트북 키보드를 두드리고 있었다.

황홀한 풍경에 기분이 들떠 순간순간 잊게
되지만, 우리는 여행자가 아니라 노동자였다.
더 멋지게 일하기 위해 떠나 온 여정이었다.
업무량은 서울에서보다 더 많았다. 포르투의
멋진 풍경을 조금이라도 더 담고 싶다는
욕심에 하루 종일 쉬지 않고 카메라를
들이댔다. 가끔은 카메라 속에 살고 있다는
생각이 들었다. 그러면서도 멈출 수 없었다.
물론 모든 게 나쁘다는 건 아니다. 서울에서의
일상과 비교한다면, 고달프더라도 이곳에서의
삶이 훨씬 낭만적이었다. 정신없이 글을 쓰고
영상을 만들다가도 해가 쨍쨍한 시간에 레몬
맥주를 마시고, 마트에서 산 에그 타르트를
먹으며 함께 깔깔거렸다. 고개를 들어 창밖을
바라보면 괜히 마음이 시큰했다. 너무
아름다워서. 한 달 뒤면 신기루처럼 사라져
버릴 시간이라는 걸 알고 있어서.
한국과의 8시간 시차가 주는 미묘한 거리감도
좋았다. 서울에서라면 당장에 전화를 걸어 나를
채근질했을 사람들도 한 템포 느리게 연락해
왔다. 한국에서의 갈등과 실망들이 서서히
멀어졌다. 달고 독한 포트와인을 마실 때마다
미워했던 사람들의 얼굴도 흐릿해졌다. 솔직히
말하자면 사랑하는 사람들마저 흐릿해졌다.
서울의 삶이 잘 생각나지 않았다. 약간은 현실
도피였을지도 모르겠다.
이 도시가 좋았다. 치열한 8시간 뒤의 세상으로
돌아가고 싶지 않았다.

포르투 사람들의 저녁 식사

M 이혜민

포르투의 해는 게을렀다. 저녁 9시가 되어서야 뉘엿뉘엿 느린
걸음으로 반대쪽으로 사라질 준비를 한다. 덕분에 하루는 길다.
오늘의 일정을 대충 마무리했는데도 아직 해가 떠 있다는 건,
매일 뜻하지 않는 선물을 받는 기분이다.

포르투갈 사람들은 저녁을 정말 길게 먹는다. '유럽 사람들은 밥을
두세 시간 동안 먹는대' 같은 말을 들은 적이 있다. 하지만 직접
경험하는 건 완전히 다른 일이다. 레스토랑에서 메뉴판이 이렇게
천대받는 걸 본 적이 없다. 웨이터는 물론 옆 테이블에 앉은
손님들까지 당장 배를 채우는 일엔 큰 관심이 없어 보인다. 아 됐고,
일단 술과 간단한 안주로 시작하지. 뭐 이런 느낌이랄까.

주문을 한 뒤 메인 요리가 나오기까지 50분은 기다릴 각오를 해야
한다. 이것 또한 우리 테이블 말고는 아무도 신경 쓰지 않는 눈치다.
기다림을 뼈저리게 경험한 뒤로는 식당에 앉자마자 고개를 파묻고
메뉴판을 익힌다. 그리고 내가 할 수 있는 가장 과장된 행동과
몸짓으로 웨이터를 부른다. 주문을 마치고 나서야 마음이 좀 진정되어
주변을 둘러본다. 테이블 위를 은은히 밝히는 촛불을 가운데 둔
노부부는 다정한 대화를 나누고 있다. 왼쪽엔 친구처럼 보이는
대여섯 명의 사람들이 식전 빵을 안주 삼아 와인을 마시며 시끌벅적
요란스럽다. 모두 하나같이 느긋하고 즐거워 보인다. 우리만 빼고.
고개를 돌려 우리의 테이블을 본다. 붉은 촛불 대신 푸른 스마트폰
액정이 불을 밝혔으며 모두 고개를 박고 무언가를 보거나 화면을
터치하고 있다. 테이블은 고요하다. 떠들썩한 분위기 속 우리는 적막한
섬이다. 생각해 보니 우리는 여기서 가장 맛있는 것을 주문하고, 먹는
데만 초점이 맞춰져 있다. 대화도 "이거 맛있다.", "이거 먹어 봐." 정도.
모든 메뉴를 다 먹고 웨이터가 접시를 모두 치운 상태에서도 옆
테이블 사람들은 일어날 생각이 없다. 거기엔 어떤 조급함도, 눈치도
없이 그 저녁을 오롯이 즐기는 분위기만 있었다. 레스토랑에서
2~3시간을 보내는 것이 전혀 어색하지 않은 삶은 어떤 것일까 상상해
본다. 모든 식사가 아무리 길어도 1시간이면 충분한 우리의 시간은
얼마나 빠르게 흐르고 있는 걸까. 포르투 사람들의 시계가 느린 것처럼
보이는 이유는 단순히 해가 길어서일까?
여기서 테이블 회전율 같은 시시한 생각이나 하고 있는 나는 어쩌면
영영 그 여유를 알지 못할지도 모르겠다.

포트와인에 대한 거의 모든 것

M 이혜민

한국에서 와인을 마실 땐 그냥 빨간색인지 흰색인지 정도만 정하고
나머지는 그날의 주머니 사정에 따라 고르는 게 전부였다. 하지만
다행히도 포트와인이 시작된 이곳, 포르투에서 배운 포트와인은 그리
어렵지 않았다. 달콤하고 깊은 맛만큼이나 이야기도 흥미롭다.

포트와인이 뭐지?

포트와인을 한 문장으로 말하면 '달고 독한 와인' 정도로 말할 수 있다.
알코올 도수가 18도에서 20도 정도니, 위스키만큼은 아니어도 충분히
독하다. 이 독한 와인을 한 모금 머금으면 라즈베리, 블랙베리, 캐러멜,
시나몬, 그리고 초콜릿까지. 디저트에서 흔히 느낄 수 있는 모든
맛들이 한꺼번에 밀려든다.
달고 독해 식사 중엔 잘 마시지 않으며 식후 디저트로 마시는 게 정석.
과거엔 젠틀맨으로 일컬어지는 지식인들과 귀족들이 저녁을 먹은 후
응접실에 모여 삶의 의미와 생의 아름다움에 대해 이야기를 나누며
포트와인을 마시곤 했단다. 크으, 참 낭만적인 술이다. 우리도 매일
늦은 저녁을 먹고(이미 와인으로 달큰하게 취한 뒤) 이층집 테라스에
앉아 인생에 대해 도란도란 수다를 떨며 마시곤 했다.

포트와인의 시작은 1337년부터 1453년까지 영국과 프랑스가 벌였던 백년전쟁으로 거슬러 올라간다. 다들 아는 것처럼 영국 귀족들은 프랑스 와인을 사랑했다. 당시 프랑스 와인은 만찬에서 절대 빠지면 안 될 술이었고, 사치품이었으니까.

그런데 백년전쟁이 발발하자 프랑스가 영국으로 수출되는 와인을 모두 막아 버렸다. 당연한 일이다. 나라가 큰 전쟁 중인데 술이 왔다 갔다 할 수는 없으니까. 하지만 나라의 사정 따위와는 별개로 영국의 귀족들은 심각한 프랑스 와인 금단 증세에 빠지기 시작한다. 프랑스 와인을 대체할 제조 장소를 찾기 위해 혈안이 되었던 그들은 바다 건너 포르투갈을 발견한다. 포르투갈의 북쪽 그러니까 우리가 지금 머물고 있는 포르투에는 아름다운 도루강이 흐르고 있었던 것이다.

도루강 상류 지역의 너른 땅과 일조량, 강수량까지 모든 것이 포도를 재배하기에 완벽한 조건이었다. 신난 영국 사람들은 바다 건너로 사람들을 보내 열심히 포도를 기르고 와인을 만들어 영국으로 보내기 시작했다.

설레는 마음으로 포르투에서 온 와인을 여는 날, 이게 웬걸? 배를 타고 오는 동안 와인이 다 상해 버리고 만 것이다. 성대한 만찬을 차려 놓고 와인을 땄는데, 시큼 떨떠름한 와인을 입에 머금게 된 귀족들의 얼굴을 상상해 보자.

영국 사람들은 좌절했지만 포기하지 않았다. 어떻게 하면 항해 중에도 상하지 않는 와인을 만들 수 있을까 고민하던 그들은 와인에 독한 브랜디를 넣기 시작한다. 높은 알코올 도수가 일종의 방부제 역할을 하는 셈이다.

초반에 포트와인이 달고 독하다고 한 걸 기억하시는지. 독한 거야 70도가 넘는 브랜디를 섞었으니 당연한 건데, 그렇다면 단맛은 왜 날까? 발효라는 건 효모가 당분을 먹고 알코올과 이산화탄소를 뱉어 내는 과정을 말한다. 포도를 으깬 뒤 포도의 달콤한 당분이 모두 알코올로 바뀌기 전에 77도의 브랜디를 콸콸 들이부으니 포도의 당이 다 발효되지 못하고 그대로 남아 이토록 달콤한 술이 되는 것이다.

포도는 도루강 상류에서 재배되지만, 브랜디를 넣어 숙성하는 마법은 바로 여기 포르투에서 이루어진다. 에디터H가 사랑해 마지않는 히베이라 거리 맞은 편 붉은 지붕이 낮게 깔린 곳 말이다.

과거엔 도루강 상류에서 만든 와인을 이곳에서 숙성시킨 뒤 '포르투 항구'를 통해 바로 영국으로 산지 직배송 됐다. 포트와인이란 이름도 포르투갈이란 이름도 모두 이 항구에서 나왔다. 이 지역엔 수많은 와이너리들이 다들 가까이 붙어 있어 마음만 먹으면 하루 세 군데 정도는 거뜬하게 돌 수 있다.

정리하자면 포트와인은 프랑스 와인을 더 이상 마실 수 없게 된 영국 사람들이 와인에 대한 집념으로 만든 술이라고 할 수 있겠다. 전쟁은 해야겠고 와인도 마시고 싶으니까. 역시 사람은 재밌다.

그럼 이제 뭘 마실지 골라 볼까?

포트와인은 색에 따라 크게 4가지로 나뉜다. 화이트, 로제, 루비, 토니.
가장 기본이 되기도 하고 우리에게 익숙한 레드와인을 포트와인에서는
'루비'라고 부른다. 와인 1,000리터가 족히 들어가는 큰 오크통에 넣어
2~3년 정도 숙성시킨다. 이때 5분의 1정도 되는 양의 브랜디를 콸콸
들이붓는다.

루비는 레드와인에 설탕을 넣고 졸인 것처럼 달콤하고 강한 과실 향이
난다. 포트와인을 처음 시작한다면 무조건 루비부터 시작하는 것을
추천! 그만큼 기본적이고 가장 대표적인 맛이라 할 수 있겠다.

다음은 가장 생소한 개념인 토니(Tawny)와인. 토니는 루비 다음으로
사랑받는 포트와인이다. 숙성 연도에 따라 10, 20, 30년 그리고
40년까지 있는데, 이 숫자는 토니와인을 만들 때 블렌딩한 숙성
연도의 평균값을 적은 것이다.

위에서 루비와인이 엄청나게 큰 오크통에서 숙성시킨다고 말했는데,
토니와인은 그보다 훨씬 작은 통에서 숙성이 이루어진다. 같은
기간이라도 더 작은 통에서 숙성이 되니 와인이 산소 혹은 통과 닿는
면적이 훨씬 커진다는 이야기다.

그래서 오랜 시간 숙성될수록 포도에서 느낄 수 있는 과일의 맛과 향은
옅어지고 조금 더 복합적인 풍미가 살아나기 시작한다. 루비와인에서
베리류와 초콜릿 맛이 지배적이라면, 토니는 좀 더 달고 진득한 캐러멜
혹은 구운 견과류의 맛과 향을 느낄 수 있다. 뭐랄까, 와인과 위스키의
중간 정도 맛이랄까?

포르투의 카페에서 와인을 파는 건 흔히 볼 수 있는 일이다. 호기롭게 어떤 카페에서 토니와인 40년을 시킨 적이 있다. 가격은 12유로. 이 정도 숙성된 토니와인은 엄청나게 복잡하고 미묘한 맛을 내는데 약간의 산미와 흙내음, 후추, 그리고 구운 헤이즐넛의 고소함까지 함께 느낄 수 있다. 위스키처럼 고급스럽고 농밀한 맛이었다. 물론 시럽처럼 달콤한 맛은 덤이고. 전문가들이 추천하는 토니와인은 중간 숙성도인 20년이라고 한다. 만약 토니와인이 궁금하다면 20년이 기준이라고 생각하고 맛보는 것을 추천한다.

이제 귀한 정도에 따라 구별을 해 볼까? 기준은 두 가지. 특정 해에 수확한 질 좋은 포도로만 만들어 병에 연도를 찍었는지, 아니면 여러 해에 수확한 포도를 섞었는지가 하나의 기준이 된다. 또 배럴에서 숙성시켰는가 아니면 병에서 숙성시켰는가가 두 번째 기준이다.

와인 병에 리저브(Reserve)란 말이 쓰여 있다면 루비와인의 프리미엄 급이란 뜻이다. 다양한 해에 수확해서 만든 와인을 블렌딩한 뒤 오크통에서 5년 정도 숙성시킨 와인을 말한다. 좀 더 쉽게 설명하면 위스키 중에 조니워커, 발렌타인 같은 블렌디드 위스키의 와인 버전이라고 이해하면 쉽겠다.

역시 가장 귀한 건 빈티지(Vintage) 포트와인이다. 유난히 포도 농사가 잘 되었다 싶은 해에 만들어진 귀한 와인이다. 병입 전 2~3년 정도 숙성시킨 후, 병에 담아 그 해의 연도를 새기는데 이 다음부턴 온전히 시간의 몫이다. 지나간 세월만큼 병 안에서 숙성이 이루어지고 우리는 그저 기다릴 뿐.

작황에 따라 다르겠지만 와이너리마다 대충 2~3년에 한 번씩 빈티지 와인이 나오는데 이게 바로 그곳의 자존심이다. 빈티지 와인은 전체 포트와인 시장에서 오직 2%만 차지하고 있다고 하니 얼마나 귀한 건지 대충 감이 오시리라.

다음은 L.B.V.(Late Bottled Vintage)다. 레이트 보틀드 빈티지는,
위에 설명한 빈티지 와인의 보급형(?) 정도라고 이해하면 된다.
빈티지 와인만큼은 아니어도 괜찮은 해의 좋은 포도로 양조해
오크통에서 4~6년 정도 숙성시킨 뒤 병에 담은 걸 말한다고. 빈티지
와인이 병입 전 2~3년 정도 숙성시키는 반면 레이트 보틀드 빈티지는
4~6년 정도 숙성시킨다. 빈티지보다 조금 더 오래 숙성시켜 'Late
Bottled Vintage'라는 이름이 붙었단다.
L.B.V.는 애초에 태생부터 훨씬 합리적인 가격에 빈티지 포트와인을
맛볼 수 있게 한 거라 굉장히 맛있다. 나의 최애 포트와인이기도
하다. 포트와인의 달콤함과 과실 향은 그대로 살아 있으면서 보통의
와인에서 느껴지는 탄탄한 보디감까지 함께 느낄 수 있다.

길고 길었던 포트와인 이야기는 요약으로 마무리하려 한다. 그래서
포트와인을 마시고 싶은데 무엇을 마시면 되는지 궁금하다면, 일단
지금 소개하는 것부터 시작하자. 포트와인은 포르투의 정수이자 가장
달콤하고 황홀하게 취할 수 있는 최고의 와인이다.

꼭 마셔야 할 포트와인

• 포트와인 루비 혹시 주머니 사정이 허락한다면
  루비 리저브(Reserve)로
• 토니(Tawny) 포트와인 20년
• L.B.V.(Late Bottled Vintage)
• 아니면 아주 귀여운 미니어처 와인

매일 술을 마셨어요

H 하경화

나는 우리 노랑머리 에디터M만큼 술에 대해 박식한 사람은
아니다. 그녀가 맥주를 발효시키는 효모를 따져 가며 에일과 라거를
구분한다면 나는 라거는 '캬' 에일은 '크'라고 구분한다.
물론, 포트와인을 마시며 영국과 프랑스의 백년전쟁까지 거슬러
올라가는 에디터M의 이야기는 퍽 흥미로운 건 사실이다.
빛깔에 따라 네 가지로 나뉘는 포트와인을 한 모금씩 맛보는 그녀의
작은 입술은 우아하기까지 하다. 그런데 그렇게 재잘재잘 떠들어대는
노랑머리의 음주는 고작 와인 반 잔 정도로 막을 내린다. 참으로
보잘것없는 주량이로다! 그리고 남은 와인은 몽땅 내 차지다.
그러니까 나는 이 이층집의 공식 술꾼.
사람들이 포르투에 다녀와서 무엇이 좋았느냐고 물으면 복잡 미묘한
기분이 몰아치곤 하는데, 이거 하나만은 분명하게 말할 수 있다.
매일, 매 순간 술을 마실 수 있어 좋았다.

포르투갈의 저렴한 물가는 와인에서 정점을 찍는다. 그냥 동네
마트만 가도 질 좋은 와인이 수수한 가격표를 달고 날 기다린다.
포르투갈이라고 달착지근한 포트와인만 있는 건 아니며 이 나라에서
생산된 각종 와인이 종류별로 즐비하다.
낮에도 와인을 마시는 풍경이 무척 자연스러운데, 나중에 알고 보니
1인당 1년 와인 소비량이 70병 이상으로 프랑스와 거의 비슷한
수준이더라. 언어는 현지인이 되는데 실패했지만 와인 소비량만은
현지 스타일을 바짝 뒤쫓기로 마음먹었다. 편하게 마실 수 있는
화이트와인이나 스파클링와인은 떨어지는 일이 없도록 서너 병씩
쌓아 두었다.
매일 저녁마다 와인을 한 병씩 비웠다. 그리고 자기 전엔 포트와인을
작은 잔에 따라 한 잔씩 홀짝였다. 낮에 힘든 일이나 고된 촬영에
시달렸어도 이 시간이 나를 버티게 했다.

사실 내가 가장 좋아하는 건 저녁 식사 자리에서 마음껏 마시는
와인이 아니라, 낮에 카페에 들러 한 잔씩 즐기는 와인이다. 쉽게
말해 낮술. 해가 노골적으로 내리쬐는 시간에 술을 주문하는 그 기분.
서울에선 절대 못할 비행을 저지르는 것 같았다.
기은과 에디터M은 카푸치노와 에스프레소를 시키는데 나는 커피
메뉴를 훑어 내리는 시늉을 하다 화이트와인을 고른다. 에디터M이
결국 술을 시킬 거면서 왜 커피 메뉴는 들쳐보느냐고 핀잔을 준다. 흥.
어떤 날엔 샴페인을 시키고, 다른 날엔 샤도네이 한 잔을, 어떤 곳에선
1유로짜리 상그리아나 포트와인으로 만든 칵테일을 마셨다. 한 달을
꼬박 거르지 않고 음주한 탓에 살이 통통하게 올랐지만 후회는 없다.
지금도 간절히 그립다. 밀린 원고를 걱정하며 집 앞 단골 카페에서
낮술을 마시던 그 순간. 서울에서의 모든 일이 멀어지고, 아주 약간
오른 취기에 기대 글을 쓰던 그 기억.

Orange In Porto

M 이혜민

조금만 높은 곳에서 포르투를 내려다보면 이곳은 오렌지 빛으로 덮여 있다. 파란 하늘과
오렌지 빛 지붕은 하늘 가까운 곳에서 내려다보는 사람에게만 보여 주는 포르투의 선물이다.
이 도시의 지붕이 하나같이 오렌지색으로 통일된 이유는 비가 새지 않고, 단열이 잘 되도록
기왓장을 흙으로 구워 만들었기 때문이란다. 철분이 많은 점토에 열을 가하면 이처럼 붉은
빛으로 변하는데, 유럽 내륙 지방의 지붕은 비슷한 재료(철분 많은 흙)로 만들어져 오렌지색
지붕이 많다. 화려한 대리석과 화강암 등 귀족들에겐 다양한 옵션이 있었지만, 서민들에게
지붕을 올릴 수 있는 재료를 선택한다는 건 사치였겠지.
이상하게도 포르투에 있으면서 나의 도시 서울에 대해 더 자주 생각하곤 한다. 돌아가면
서울은 어떤 색을 품고 있었는지 조금 더 자세히 보고 싶다.

빈티지 숍 보물찾기

H 하경화

왜 그런 거 있지 않나. 길을 걷다가 어떤 가게나 간판 따위가 눈에
들어오면 '아, 이제 집에 다 왔나 보다' 하고 인지하게 되는 표식 같은 거.
포르투 이층집 주변의 지리가 눈에 익어 갈 때쯤 수상한 가게 하나를
랜드마크 삼기 시작했다.

그 가게의 빛바랜 차양이 보이기 시작하면 집에 다 왔다는 걸 알 수
있었다. 간판도 제대로 달려 있지 않은, 말 그대로 수상한 가게였다.
아침 일찍부터 문을 열었지만 손님이 드나드는 일은 드물었다. 결국
호기심을 이기지 못하고 들어갔다. 때마침 문이 열려 있었는데,
입구부터 지저분한 물건이 잔뜩 쌓여 있었다. 빈티지 숍이었다.
난 빈티지에 열광하는 편은 아니다. 하지만 그곳은 너무 근사했다.
낡은 가구와 접시, 유리잔, 촛대, 은쟁반 따위가 끝없이 진열돼 있었다.
셋이서 좁다란 통로를 아슬아슬하게 지나다니며 사연 많아 보이는
물건들을 실컷 구경했다. 대체로 꼬질꼬질하고 조악했지만 놀라울
만큼 근사한 것들도 섞여 있었다.

가게 가장 안쪽으로 들어가니 보물섬에 나올 것 같은 커다란 나무
상자가 있었다. 이상하게 열어 보고 싶더라. 금은보화가 있을 것
같았거든. 묵직한 뚜껑을 들어 올리니 그 안에는 수백 개의 단추가
가득 들어 있었다. 장난감 보석처럼 반짝반짝 빛나는 동그랗고 귀여운
단추들이 말이다. 새빨간 단추, 옥색 단추, 콩알처럼 까만 단추, 꽃잎
모양의 단추.

우리는 진짜 보물을 발견한 사람들처럼 그 단추 더미를 하나하나
헤집어 보았다. 무슨 마음이 동했는지 전부 사 가고 싶었다. 각자
손에 단추를 서른 개쯤 쥐었을 때 에디터M이 "근데 이게 쓸 데가
있을까?"라고 물었다. 그 한마디에 욕심껏 고른 단추들을 모두
내려놓았다.

실용적인 물건을 사는 걸로 계획을 수정했다. 막내 에디터와 나는 작은 포트와인잔을 하나씩 사고, 에디터M은 촛대를 샀다. 촛대는 2유로, 와인잔은 1유로였다. 주인아주머니가 신문지를 꺼내 와인잔과 촛대를 하나하나 포장하기 시작했다. 아주 천천히 정성껏 포장했기 때문에 대단한 물건을 사 가는 것 같은 기분이 들었다.

집에 돌아와 포장을 뜯어보니 구겨진 신문지엔 지금 가장 핫한 소식인 영국 해리 왕자와 미국 배우 메건 마클의 결혼 기사가 인쇄돼 있었다. 빈티지 숍의 포장과는 어울리지 않는 것 같아서 웃음이 났다.

내가 구입한 건 가느다란 빨간 선이 그어진 와인잔이었다. 소주잔보다 조금 큰 정도다. 자기 전에 빨간 선까지만 포트와인을 채워 마시면 딱 좋다. 어떤 사람이 쓰던 물건이기에 빈티지 숍까지 갔다가 내 손에 들어왔을까? 어쩌면 몇 십 년쯤 된 물건일지도 모른다니 더욱 특별하게 느껴졌다.

산통 깰 만한 이야기를 하나 보태자면, 나중에 포르투 도심의 기념품 숍에서 이것과 똑같은 와인잔을 발견했다. 아무래도 내 기대만큼 사연 있는 빈티지는 아니었던 모양이다. 그래도 용케 그 먼 곳에서 한국까지 깨트리지 않고 잘 가져왔다. 이것만으로도 충분한 사연은 생긴 셈이다. 떠나기 전에 꼭 한 번 더 가 보자고 말했지만, 결국 그 뒤로 집 앞 빈티지 숍엔 다시 가 보지 못했다. 뭐가 그렇게 바빴을까. 지금 생각하면 괜히 아쉽다. 그때 손에 잡혔던 그 빨간 단추를 사 왔어야 했던 건 아닐까. 절대 쓸 일은 없었더라도 말이다.

단골집이 생긴다는 것

H 하경화

한 도시에 오랫동안 머무른다는 것은 일종의 특권이다. 조바심이
없다. 집 앞에 있는 허름한 가게에 들러 커피를 마시고, 의외의 발견을
하기도 한다. 만약 고작 서너 날을 머무르는 여행자의 입장이었다면
결코 들어가지 않았을 곳이다. 낯선 도시의 골목길에 익숙해지고
분위기를 익혀 가는 건 얼마나 사치스러운 경험인가.
매일 들르는 단골집이 생기고, 인사를 주고받는 이가 생긴다는 것도
얼마나 멋진 경험인지. 포르투 이층집에서 살며 주변을 걷다 만난
우리의 단골집을 소개한다. 혹시 근처를 지난다면 꼭 들러 보시길.
놀라게 될 테니까.

The Happy Nest

Av. de Rodrigues de Freitas 293, 4000-421 Porto

집 앞에 작은 브런치 카페가 문을 열었기에 아무 기대 없이 혼자
찾아갔다. 유리문을 밀고 들어가니 6인용 나무 테이블이 하나 있을
뿐이다. 프랑스어와 영어가 유창한 두 여자가 주인이었는데,
"안쪽에 가든이 더 좋다"고 일러 준다.

유럽 건물들이 그렇듯 폭이 좁고 내부가 깊은 형태였다. 심드렁하게
뒷문을 열고 나갔다가 심장이 내려앉았다. 아담한 뒤뜰엔 나무
테이블이 줄지어 놓여 있었고, 날씨는 비현실적으로 화창했다. 햇빛은
살갗에 닿으면 바사삭 부서졌다. 파라솔을 펴고 앉아 화이트와인을
한 잔 시켰다. 완벽하다는 말로도 모자랐다. 평생 이곳을 떠나고 싶지
않았다. 그 뒤로는 거의 매일같이 드나들었다. 샌드위치나 샐러드
메뉴도 훌륭했다.

오픈한 지 얼마 되지 않았건만 포르투의 숨은 힙스터들이 모여
샐러드를 먹기 시작했다. 서울에서 찾은 가게였다면, 절대, 아무에게도
알려 주지 않았을 것이다. 지금도 눈을 감으면 이 장소가 선명하게
그려진다.

Duas De Letra

Passeio de São Lázaro 48, 4000-466 Porto

어느 날은 매일 무심히 지나치던 공원 옆 카페에서
힙스터 향기가 뿜어져 나오더라. 정말 이렇게밖에는
표현할 수가 없다. 그래서 그냥 들어갔다. 입구가
어둡고 좁아서 내부가 넓을 거라고 생각하지 못했는데,
들어가 보니 2층까지 사용하는 넓은 공간이었다. 1층
안쪽엔 아담한 테라스가 숨겨져 있었다. 들어가자마자
너무 좋아서 방방 뛰었다. 2층은 더 좋았다. 해가 잘
들어오는 창가 쪽 공간엔 수십 개의 화분이 놓여
있었다.
'Port with tonic'이라는 포트와인 칵테일을 주문했다.
이상할 정도로 노트북으로 디자인 작업을 하는 사람이
많았다. 근처 아트 스쿨 학생들인 것 같았다. 나중에
알고 보니 학생들의 작품을 전시하기도 하고, 문화
공간으로 쓰이는 것 같았다. 저녁엔 레스토랑이 되어서
제법 시끌벅적해진다. 이렇게 작고 낡은 입구 안에
멋진 비밀의 화원이 숨어 있다는 걸 믿을 수 없었다.

Dona Gertrudes

Passeio de São Lázaro 44, 4000-434 Porto

저녁 영업만 하는 레스토랑이다. 아주 어둡고 독특한 곳이었다.
벽에는 기괴할 만큼 많은 액자와 접시, 시계 따위가 걸려 있었다.
우리 테이블을 담당한 아저씨는 수완이 좋았다. 중후한 목소리로 메뉴를
추천하고, 와인을 설명해 줬는데 그 순간이 아주 즐거웠다. 노련한 접대와
울림 있는 목소리 덕분에 마치 뮤지컬 속에 들어간 기분이었다. 혹은
파두(fado : 음악과 시가 결합된 포르투갈의 대표적인 공연 장르)일지도.
음식도 맛있었지만 추천 받은 와인이 끝내줬다. 나 혼자 반병쯤 마신
것 같다. 포르투에서 가장 행복한 저녁 식사였다. 알딸딸한 상태로
인스타그램에 사진을 올렸는데, 코멘트를 이렇게 써 놨더라. 모든 게
너무 완벽하면 겁날 때가 있다. 지금이 그렇다.

Terraplana

Av. de Rodrigues de Freitas 287, 4000-421 Porto

세상에 밤 10시면 모든 가게가 문을 닫는 이 동네에 새벽 3시까지
영업하는 바가 있었다니! 동네 아저씨들이 맥주를 홀짝이는 후줄근한
곳인 줄 알고 들어갔는데, 엄청나게 화려하고 고급스러운 곳이었다.
게다가 손님이 버글거린다. 우리 동네의 다른 얼굴을 발견한
기분이었다. 말쑥하게 슈트를 차려입은 커플이 있는가 하면, 중년
신사가 한참 어린 청년과 진지한 대화를 나누고, 새빨간 원피스를 입은
미녀가 깔깔대며 피자를 먹고.
너무나 다양한 사람들이 모여 금요일 밤을 즐기고 있었다. 칵테일도
대단했다. 영화감독 타란티노의 이름을 딴 칵테일은 영화 〈펄프 픽션〉
비디오테이프 위에 서빙됐다. 고요한 이층집 옆에 이런 바가 있었다니.
포르투는 문만 열면 다른 세상이 펼쳐진다. 당연히 우린 단골이 됐다.

Tendinha Dos Poveiros

da, Largo Ramadinha 67, 4000-507 Porto

여긴 좀 독특한 곳이다. 앞서 소개한
가게들처럼 멋진 공간이 숨겨져 있는
것도 아니고, 코딱지만 한 가게 앞에
슈퍼복(포르투갈 국민 맥주 브랜드)이 새겨진
조악한 플라스틱 테이블을 잔뜩 깔아 놓은
게 전부다. 화이트 상그리아를 주문했더니
생맥주를 따르듯 디스펜서 호스에서 와인을
따라 준다. 일회용 플라스틱 잔에 담긴
상그리아는 예상 외로 맛이 좋았다.
포르투에서 마신 것 중 가장 훌륭했을 정도로.

결국 낮술을 세 잔이나 마셨다. 나중에 알고
보니 이 동네 최고 '만남의 장소'였다. 새벽
4시까지 야외에 모여 앉은 사람들이 맥주병을
부딪치며 새로운 만남을 경험하는 그런 곳
말이다.

창밖의 도시

H 하경화

포르투 이층집에서 내가 가장 좋아하던 곳은 화장실 창가였다.
말이 화장실이지, 고즈넉한 나무 바닥에 뽀얀 욕조와 커튼이 드리운
근사한 공간이었다. 가끔 이 창가에 서서 커튼을 들추고 바깥 풍경을
바라보곤 했다. 오가는 사람이 많은 동네가 아니라 드라마틱한
구경거리는 없었다. 큰 트럭이 와서 집 앞 슈퍼에 물건을 내려 주고,
할머니가 느릿한 걸음으로 지나가는 장면 정도. 2층에서 내려다보면
모든 게 너무 가까워서 손에 잡힐 것 같았다. 간혹 사람들의 스마트폰
화면도 들여다보일 정도였다.
우리 집 건너편의 아름다운 하늘색 벽돌 건물은 사무실이었다.
바로 마주 보이는 창가에선 휴 그랜트를 닮은 남자가 일하고 있었다.
하얀 창틀 사이로 그의 옆얼굴이 보였다. 매일 같은 풍경이었기에 마치
액자 속 그림 같았다. 오전 10시가 넘어서 출근하고, 오후 4시가 되기
전에 퇴근하는 그 남자.

항상 권태로운 표정으로 모니터를 바라보고 있는 그 풍경이 기묘해서
나는 한참 눈을 떼지 못했다. 저렇게 아름다운 건물에서 일하는
누군가의 일상도 권태로울 수 있구나. 습관적으로 그 옆얼굴을
훔쳐보며 남자의 삶을 상상했다. 포르투에서 태어나 포르투에서 사는
사람. 작고 조용한 이 도시를 가로질러서 매일 같은 사무실로 출근하는
사람. 내겐 이 도시의 모든 게 새롭고, 낯설고, 근사해 보이지만
그건 철저히 여행자의 시야인 것이다. 진짜 삶은 이방인의 상상만큼
낭만적이지 않겠다는 생각을 했다.

몇 번인가 눈인사 비슷한 걸 나눴지만, 그 이상은 나눈 게 없다. 그의
직업은 무엇이었을까. 모니터 안에는 무엇이 있었을까. 아직도 여전히
그 창틀 사이에 앉아 있을까.

Dancing With Me

M 이혜민

포르투 거리에는 눈길 닿는 곳마다 빨래들이 널려 있다. 바람에
나부끼는 빨래들이 내게 말을 건다. 하늘하늘 춤추는 빨래들은
주인들이 잠시 벗어 둔 그림자다. 꼬마 숙녀와 엄마 아빠, 화려한
취향을 가진 중년 여성, 어제 신나게 축구를 뛰고 온 청년. 내가 하는
일은 빨래에 묻어난 이야기를 가만히 듣고 마음껏 상상하는 것이다.
포르투 사람들의 빨래들. 축축하고 무거워졌다가 뜨거운 햇살과
소금기 어린 바람으로 보송보송하게 마르겠지.

난 빨래를 좋아한다. 만약 내일 세상이 멸망하고 별수 없이 세상의 종말을 기다려야 하는 상황이라면 난 한 그루의 사과나무 대신(대체 사과나무 따위를 심어 어디다 쓴단 말인가) 검은색과 흰색으로 빨래를 분리하고, 세제와 섬유 유연제를 잔뜩 넣어 2시간 동안 천천히 빨래를 돌릴 것이다(빨래는 돌려 또 어디다 쓴단 말인가).

뭐든 있는 포르투 우리 집에 단 하나 없는 게 있다면 바로 세탁기다. 내 방 구석에서 쌓여 가는 빨랫감들을 애써 무시한 지 벌써 한참이 지났다. 어느 날 아침에 눈을 떴더니 찢어지게 날씨가 좋더라. 고사리 같은 손으로 조물거리는 간단한 것 말고 진짜 빨래를 해야 하는 날이다.

미리 사 둔 세제와 동전 지갑을 챙겨 들고 떠난다. 집에선 손 하나 까딱하지 않는 내가 이 먼 곳에서 빨래를 하겠답시고 부지런을 떠는 것을 보면 우리 엄마가 퍽 서운해하시겠지. 걸어서 5분 거리에 있는 빨래방은 생각보다 깔끔하고 현대적인 공간이다. 5유로짜리 카드를 발급 받아 충전해 사용하면 1유로를 할인해 준다. 할인이라는 말에 혹해 5유로짜리 카드를 샀다. 아무래도 괜한 짓을 한 것 같다. 나는 바보다. 세탁 비용은 4.95유로에서 9.50유로까지. 건조기는 1.60유로에서 1.90유로. 기껏 세제를 챙겨 갔는데, 세제는 물론 섬유 유연제까지 내장된 첨단 세탁기였다. 사용 방법은 꽤 간단했다. 원하는 물의 온도를 선택하고 나면 세탁기가 돌아가기 시작한다.

이 도시에서 술집을 제외하고 가장 늦게까지 깨어 있는 가게가 바로 이 빨래방이다. 아침 8시부터 밤 11시까지라니. 모든 것이 빨리 잠드는 포르투에서 빨래만큼은 느지막이도 할 수 있나 보다. 심지어 와이파이도 된다.

빨래는 신속하게 진행됐다. 생각한 것보다 더 빨리. 25분이면 세탁과 헹굼 그리고 탈수까지 끝난다니 믿을 수 없다. 우리 집에 있는 세탁기는 가장 짧은 급속 코스가 38분이던데. 깨끗하게 빨리긴 하는 건지 조금 의심스럽다. 빨래가 끝난 옷들을 건조기에 옮겨 담았다. 건조기를 돌리는 덴 20분이 채 걸리지 않는다. 그제야 두 명의 사람이 빨래방으로 들어온다. 간단한 눈인사를 나누고 약속이나 한 것처럼 창밖을 바라본다. 주말의 거리는 한산하다. 이방인이 이 거리 사람들의 일상에 잠시 섞여 들어가는 순간이다.

건조기에서 꺼낸 빨래에선 사람의 체온처럼 따뜻하고 좋은 향기가
난다. 바구니에 옮긴 뒤 가볍게 털어 개켜 본다. 생각보다 빨래
결과물이 만족스럽다. 기분 좋은 향기, 세탁기가 돌아가는 일정한
소음이 마음에 안정감을 준다.
이곳에서 우리 일상은 거의 일의 영역 안에 있다. 포르투의 소소한
일상을 공유하고 싶어서 장을 보고, 밥을 먹고, 빨래방에 가는 아주
사소한 것들도 모두 촬영하고 기록한다. 그러다 보니 자연스럽게

일상을 곱씹어 보게 된다. 잘 먹고 청결하게 살기 위해 얼마나 많은
시간과 노력이 드는지에 대해. 다른 곳에 여행을 갔을 때도, 매일
출퇴근을 하던 서울에서도 느껴보지 못한 것들이다.
방금 빨래해 온 옷가지의 포근한 향기가 방 안에 가득 퍼진다. 머리가
복잡했는데 빨래를 하고 나니 뒤엉켜 있던 생각들이 정리되는 기분.
자, 이제 다시 일하러 갈 시간이다.

여행자의 여행

H 하경화

포르투에 한 달을 머무르는데 이 작은 도시에만 처박혀 있을 순
없었다.
"오늘은 여행이야!"라고 비번(非番)을 외치고 렌터카에 올랐다.
목적지는 아베이루. 포르투에서 70㎞ 떨어진 운하 도시다. 길이 막히지
않아 한 시간도 채 걸리지 않았다. 모처럼 포르투를 떠나 해안선을
끼고 달리니 마음이 설렌다. 마치 소풍날처럼.
아베이루를 둘러보는 데는 한나절이면 충분하다. 대단한 볼거리를
기대한다면 실망할지도 모른다. 혹자는 '짝퉁 베네치아'라고 부르기도
한다. 도시를 가로지르는 작은 운하를 중심으로 동화적인 풍경을
이루고 있어서다.

알록달록하게 칠해진(심지어 호날두의 얼굴이 그려져 있는) 나무배의
이름은 몰리세이루. 보잘것없어 보이는 이 운하가 사실은 대서양까지
이어지는데, 예전에는 비료를 실어 나르는 목적으로 사용했다더라.
이 배를 타고 운하를 왕복하는 한 시간 남짓한 코스면 아베이루를
절반쯤 정복하는 셈이다. 가이드가 아베이루의 역사에 대해
미주알고주알 일러 준다.

아베이루에 가면 '오보스 몰레스(Ovos Moles)'를 먹어야 한다. 경주에
가서 '경주빵'을 먹는 것과 같은 이치다. 달걀노른자로 가득 찬
과자인데 아주 달고 부드럽다. 여행자답게 좁은 골목을 천천히 걸으며
커피도 마시고, 와인도 마셨다. 아쉬움이 남지 않을 만큼 작은 도시라
더 좋았다.

돌아가는 길엔 사진이나 한 장 남길 겸 '코스타 노바(Costa Nova)' 해변
길을 들렀다. 색색의 스트라이프 건물이 줄지어 있는 줄무늬 마을이다.
오래 볼 것은 없다. 그냥 유럽의 컬러 감각을 즐기며 인증 샷 한 장
찍게 남기면 그만이다.

아베이루에 코스타 노바까지 찍었으니 완벽한 포르투 근교 여행
코스가 완성됐다. 다시 포르투로 돌아가는 길에는 90년대 추억의
가요를 틀어 놓고 목이 찢어져라 노래를 불렀다. H.O.T부터 젝스키스,
토이, 전람회. 어째서인지 그 시간이 더 기억에 남는다. 노을 지는
포르투로 돌아오며 "집에 돌아왔다"는 생각을 했다. 짧은 여행이었다.

먹고 마시고 취하라

M 이혜민

근사한 저녁 식사에 곁들이기엔 역시 와인이 최고지만 사람이 어떻게
빵만 먹고 살겠는가. 이번에는 와인 말고 내 입과 혀를 즐겁게 하고,
내 간을 힘들게 했던 포르투갈의 다양한 술을 모아 봤다. 와인을
제외한다면 대부분은 맥주였다.
맥주는 포르투갈어로 세르베자(Cerveja)라고 한다. 식당에서 비어라고
해도 알아듣지만, 이왕 포르투갈에 왔다면 현지어로 멋지게 외쳐 보자.
세르베자 포르 파보르(Cerveja por favor : 맥주 주세요)!

1

일단 포르투갈의 국민 맥주 슈퍼복(Super Bock)부터

우리나라에 카스가 있다면, 포르투갈엔 슈퍼복이 있다. 술집의
맥주잔은 모두 슈퍼복으로 대동단결. 집 앞 바의 냉장고, 노천카페의
차양, 눈길 닿는 곳 어디에나 빨갛고 동그란 마크의 슈퍼복이 우리를
보살피고 있다. 심지어 집 앞에서 1유로짜리 상그리아를 마셔도
플라스틱 슈퍼복 잔에 담아 준다. 자본의 힘이란!
1927년 포르투갈 북부에서 시작한 슈퍼복은 지금까지도 포르투갈
국민들이 가장 사랑하는 맥주 중 하나다. 맛은 우리가 먹어 봤고
상상할 수 있는 페일 라거의 전형이다. 각 잡고 음미하지 않으면
큰 특징을 찾아보기 힘들 수 있다. 하지만 개성이 없다고 해서 맛이
없다는 소리는 아니다. 탄산은 조금 약한 편이라 목 넘김이 좋고, 잡맛
없이 아주 약한 단맛과 쓸쓸함이 조화롭다. 주량이 약한 사람들은
슈퍼복 미니를 사는 것도 좋은 방법이다. 팩 우유처럼 200㎖의
앙증맞은 사이즈다. 세 모금 정도면 금세 바닥을 보인다.

2

2등 사그레스(Sagres)를 빼면 섭하다

슈퍼복이 견고한 1위라면, 사그레스는 포르투갈 2등 맥주다. 슈퍼복과
사그레스 두 거성이 포르투갈 전체 맥주 시장의 89.5%나 차지하고
있다 하니, 포르투갈 사람들의 골라 마실 권리는 참으로 빈약하다.
슈퍼복이 포르투갈 북부에서 시작했다면, 사그레스는 슈퍼복보다 7년
늦은 1934년 포르투갈의 중부에서 시작한다. 세로로 긴 포르투갈의
땅끝 꼬리에 위치한 사그레스는 유럽 대륙의 끝이라고 불린다.
사그레스란 이름은 신대륙을 찾아 시작된 대항해 시대의 정신을
기리기 위해 따왔다.
솔직히 말해 포르투에서 사그레스 맥주를 찾는 건 그리 쉬운 일이
아니었다(사그레스 레몬맥주 제외). 포르투가 포르투갈의 북부에
위치해서일까, 이곳은 슈퍼복의 지배 아래 있었다. 코카콜라를 파는
곳에서 펩시를 마시기 힘든 것처럼, 슈퍼복을 판매하는 술집에서
사그레스 맥주를 함께 파는 경우는 없다고. 다행인 것은 슈퍼복과
사그레스의 맛에 엄청난 차이가 있진 않다는 거다. 그냥 보이는 걸로
마시면 된다.

3

목마를 땐 레몬맥주를 마신다

포트와인이 모두가 잠든 새벽, 도란도란 수다를 떨며 즐겼던 술이라면
레몬맥주는 해가 쨍한 한낮을 책임지던 술이다. 알코올 도수 2도.
쓴맛이 거의 없이 레몬 사탕처럼 상큼하고 달콤한 맛이라 물처럼
꿀꺽꿀꺽 마실 수 있다. 자랑은 아니지만 포르투의 우리 집에 생수는
떨어져도 레몬맥주가 떨어지는 경우는 없었다.

라거 시장의 치열한 1, 2위 다툼 와중에 레몬맥주만큼은 예외였다.
물론 두 브랜드를 나란히 파는 경우를 본 적은 없다. 영역 싸움이
치열한 모양이다. 슈퍼복에서 나온 레몬맥주가 그린(green), 사그레스는
라들러(Radler)였는데 사실 라거만큼이나 둘의 맛의 차이는 찾기
힘들다. '라들러'란 원조인 독일에서는 밝고 가벼운 라거 맥주와 탄산이
있는 레모네이드를 섞어 갈증 해소를 위해 만든, 일종의 맥주 칵테일을
말한다.

레몬맥주 6병 들이 한 팩을 사면 2.5유로 정도다. 이렇게 착한
가격이니 목이 마르면 콜라보다 레몬맥주를 찾게 된다. 호불호
없이 누구나 즐겁게 마실 수 있는 맥주니까 반드시 사서 마셔 보자.
포르투갈어로 레몬을 리망(limão)이라고 하는데 맥주에 이게 쓰여
있으면 레몬맥주라고 생각하면 쉽다.

4

체리 담금주 진자(Ginjaha)도 있다

진자는 포르투갈의 전통술이다. 우리나라로 치면 체리 담금주랄까.
알코올 도수 20도로 끈적 달콤하고 피처럼 붉고 독하다. 진자는 본디
오비두스라는 지역의 특산품으로 초콜릿 컵에 담아 길거리에 앉아
마시곤 하는데, 포르투갈 어디를 가도 쉽게 만나 볼 수 있다. 가격은
1유로. 우리는 갑자기 쏟아지는 비를 쫄딱 맞아 뼛속까지 으슬으슬
떨리는 날 카페에 앉아 이걸 마셨다. 작은 잔을 탁 털어 마시면,
식도부터 장까지 선명한 궤적을 남기며 몸이 후끈 달아오른다.

5

포르투의 힙함도 즐겨 보자

포르투갈에도 크래프트 맥주 바람이 불고 있다. 나라마다 전통은 각각
다른 얼굴을 하고 있지만, 요즘 유행하는 소위 'HIP'은 전 세계 어딜
가나 비슷하다. 동네의 힙스터들이 올망졸망 모여 있는 레스토랑에
삼고초려 끝에 예약에 성공해 겨우 다녀왔다. 그곳에서 'OPO 74
Brewing Company'의 맥주를 처음 만났다. 경리단길 보틀 숍에서 본 것
같은 기하학적인 라벨과 쉽사리 읽히지 않는 브랜드 이름이 온몸으로
외치고 있다. 'I'm so hip.' 향기롭고 즐거운 맛이지만 솔직히 말하면
서울에서도 마셔 봤던 싱그럽고 씁쓸한 에일이다. 어디서든 접할
수 있는 슈퍼복과 사그레스 맥주에 질렸다면, 포르투의 젊은이들이
추앙하는 이 맥주를 시도해 보는 것도 괜찮은 선택이다.

6

마지막도 크래프트 맥주다

서울의 크래프트 맥주와 다른 점이 있다면, 여기선 크래프트 맥주를
단돈 2유로에 즐길 수 있다는 거다. 포르투에 기반을 두고 있는
양조장에서 만든 'Cerveja Nortada'. 'Nortada'는 포르투갈어로 북방의
찬바람이란 뜻이다. 포르투(북쪽)에서 시작해 시원한 맥주 바람을
일으켜보겠단 야심이 느껴지는 네이밍이다.
이 술은 '비엔나 라거'라는 다소 생소한 스타일의 맥주로 영국 에일에
쓰이는 색이 옅은 맥아를 사용해 진한 구릿빛과 절제된 쓴맛을
특징으로 한다. 라거인데 예쁜 호박색을 띠고, 초반에 새콤한 맛이
났다가 갑자기 뚝 떨어지는 깔끔함이 있는 맛이다. 'IPA(인디아 페일
에일)'처럼 혀끝에 끈덕지게 남아 있는 쓴맛이 아니라 딱 기분 좋은
정도의 쌉싸래함을 남긴다. 탄산은 거의 없고 몽글몽글한 느낌으로,
태어나서 처음 마셔 보는 맥주 맛이었다.

매일 들르는 마트에서 가장 오랜 시간을 보냈던 곳은 언제나
술 코너였다. 화려하게 몸치장을 하고 우리의 손길을 기다리고
있는 수많은 병들 앞에 서 있노라면, 사탕 가게 앞 어린아이처럼
가슴이 두근거렸다. 길게 늘어선 술병들은 우리에겐 환상과 모험의
원더랜드로 가는 문이었다.

아, 누구나 한번쯤은 병따개가 없어 난감했던 적이 있을 거다(이럴
때만 치밀한 에디터H는 가방에 언제나 병따개를 상비한다). 포르투갈
병맥주의 재미있는 점은 병따개가 필요 없는 원터치 방식이라는
거다(모든 병맥이 이렇게 되어 있는 것은 아니지만, 꽤 많은 맥주가
이런 방식이다). 한 손으로 뾱! 하고 딸 수 있는 이 간단한 방식은
너무나 편리하고 우아하다. 아, 하루 빨리 우리나라에도 들어왔으면.

도시의 낙서

M 이혜민

포르투는 역사가 긴 도시다. 눈길 닿는 곳마다 언제 지었는지 모르는 고풍스럽고, 멋진 치장을 한 건물들이 날 내려다보고 있다. 오래된 건물들을 입을 헤벌리고 올려다보다가 목이 뻐근해져 시선을 떨구면 읽을 수 없는 낙서와 눈이 마주친다.

솔직히 말해 포르투의 첫인상은 세상의 풍파를 모두 겪어, 닳고 닳은 인생처럼 지치고 남루해 보였다. 그런데 며칠이 지나고 길이 눈에 익기 시작하면서 귀여운 디테일들이 눈에 밟히기 시작했다. 멀리서 봤을 땐 그냥 타일처럼 보였지만 자세히 보면 타일 위에 하나하나 그림을 그려 두기도 하고, 깨진 타일을 그냥 지나치지 못해 무언가를 그려 넣은 손길도 있다. 집요하고 짓궂다.

여기엔 낙서와 스티커가 정말 많이 붙어 있다. 그냥 경찰의 눈을 피해 으슥한 뒷골목에 그려 둔 정도가 아니다. 어딜 가나 있다. 정말 정말 많다. 서울이었다면 지저분하게 이게 뭐냐며 혀를 끌끌 찼을지도 모를 일이다. 여기 사람들은 이게 전혀 싫지 않은 건가?

사실 온 도시가 이렇게 '친(親)그래피티화'된 데는 약간의 사연이 있다고 한다.

2013년, 포르투 시내의 벽화가 금지됐다. 이미 있는 그림들은 노란색 혹은 흰색 페인트로 덮였다. 화려했던 거리는 심심해졌고, 스트리트 아티스트뿐만 아니라 평범한 포르투의 시민들도 무언가 잘못되었다고 느끼기 시작했다. 다행히도 억압은 그리 오래가지 않았다. 그해 10월 새로운 시장이 선출되면서 포르투 거리에는 처음으로 시에서 인정받은 벽화가 그려지게 된다. 예술에 대한 억압은 오히려 웅크리고 있던 욕망을 용수철처럼 튀어 오르게 만들었다. 벽화를 덮었던 노란색 페인트는 가능성이 무한한 캔버스가 되었다. 포르투 거리 곳곳은 빠르고 아름답게 강한 개성으로 물들기 시작했다.

잠깐, 여러분에게 꼭 소개하고 싶은 스트리트 아티스트가 있다. 알아볼
수만 있다면, 포르투 시내 어디서나 그의 작품을 정말 쉽게 찾을
수 있어 수집하는 재미가 있을 거다. 이름은 'Hazul'. 실제 본명이자,
포르투갈어로 파란색을 뜻하는 'Azul'과 발음이 비슷하다. 정식 미술
교육을 받은 적이 없다지만, 망설이지 않고 뻗어 가는 터치와 독특한
스타일 때문에 많은 사람들이 사랑하는 예술가다. 그의 작품의 특징은
얼굴이 없는 여성(마리아)상 그리고 그의 이름처럼 파란색을 자주
쓴다는 것. 꼭 기억해 두었다가 어느 골목, 그의 그림과 마주치면 오랜
친구를 만난 것처럼 반가워해 주길.

연인들에 대한 단상

H 하경화

이 도시의 사람들은 해가 좋은 날이면 아무
곳에나 자리 잡고 앉는다. 한낮의 사람들은
마치 고양이 같다. 살갗이 그을리는 것쯤은
두렵지 않다는 듯 해를 마주 보고 앉아 조용히
시간을 즐긴다. 서로 기대앉은 연인들은
이따금 짧은 키스를 나누고, 소리 내어 웃는다.
아무 말 없이 한동안 바람을 맞다가 또 대화를
나눈다. 그 모습을 훔쳐보고 있노라면 아주
자연스럽게 외로워졌다. 나는 연인과 저런
시간을 보낸 적이 있었던가.
스마트폰을 들여다보거나 무언가를 같이 하지
않아도 충분한 시간. 서로의 어깨나 콧잔등이
스치는 것만으로도 웃음이 터지고 충만한
그런 시간. 먼 도시에 두고 온 과거의 사랑들이
스쳐 지나갔다. 언젠가는 저런 관계를 가질 수
있었으면. 날씨가 좋아서, 맞닿은 살결이 기분
좋아서 더 이상 아무것도 하지 않아도 충분히
행복한, 그런.

배고픈 순례자의 길

H 하경화

포르투는 혓바닥이 벅차오르는 먹방의 도시였다. 질 좋은 식재료와
저렴한 물가, 때깔 좋은 해산물! 이국적인 메뉴판 속에서 끝없는
식도락이 펼쳐지는 곳이다. 내가 사랑하는 항구 도시에 방문할지도
모르는 여러분을 위해 엄선된 맛집 리스트를 모았다. 이제 나를 믿고
이 리스트를 성지 순례하시길.

A Grade

R. de São Nicolau 9, 4050-561 Porto

포르투 최고 번화가인 히베이라 광장
뒷골목에 위치한 레스토랑이다. 해물밥이나
문어 튀김도 수준급이지만, 이곳에서 꼭
먹어야 할 요리는 문어 샐러드. 메뉴판에
없으니 'Polvo em molho verde'를 달라고
요청하자.
부드럽게 익힌 문어를 올리브 오일에
무쳐 주는 일종의 애피타이저다. 새콤하고
산뜻한 맛이 일품. 가격은 한 그릇에 고작
4유로. 덧붙이자면 가게 이름을 라벨에 붙여
판매하는 하우스 와인을 꼭 마셔 보자.
와인 한 병에 10유로.

Solar Moinho de Vento

R. de Sá de Noronha 81, 4050-526 Porto

우리가 '빨간집'이라고 부르던 레스토랑. 언덕
위에 있는데, 이 근처에 근사한 레스토랑이
꽤 많다. 현지인들이 느긋한 디너를 즐기는
곳. 서비스나 맛도 좋았지만 분위기가 상당히
괜찮다. 다만 메뉴 주문부터 음식 서빙까지
소요되는 시간이 정말 길다. 고기 메뉴도,
밥이나 문어 튀김도 훌륭하다. 심지어 식전
빵도 남다르게 맛있었을 정도다. 호박 잼과
세 종류의 치즈를 크래커에 올려 먹는
애피타이저를 주문했는데 끝내주더라.

Reitoria

R. de Sá de Noronha 33, 4050-159 Porto

이층집 호스트의 추천으로 방문했던 곳. 엄청난 맛의 스테이크를 만날
수 있다. 개인적으론 시카고 최고의 맛집이라 불리는 깁슨 스테이크
뺨치는 맛이었다. 다만 평균적인 포르투의 레스토랑보다는 가격대가
훨씬 높은 편이다. 스테이크가 메인이지만 함께 주문했던 트러플
리소토의 진한 풍미가 인상적이었다. 식재료를 아낌없이 썼다는 느낌.
아이패드에 자신의 취향을 입력하면, 적당한 와인을 추천해 주는
현대적인 서비스도 즐거웠다.

Casa Guedes

Praça dos Poveiros 130, 4000-507 Porto

집 근처 공원 앞에 있던 샌드위치 집. 정말 허름한 가게였는데 점심마다 사람들로 붐빈다. 알고 보니 굉장히 유명한 고기 샌드위치 집이었던 것. 투박한 빵 사이에 돼지고기 바비큐를 잔뜩 끼워 준다. 치즈나 하몽을 추가할 수도 있다. 양념이 적절하게 배어 든 고기와 빵을 베어 물면 밥과 고기를 함께 먹는 것처럼 밸런스가 좋다. 먹을 때 육즙과 양념이 줄줄 흘러내리니 조심해야 한다.

17th Restaurant & Bar

R. Guedes de Azevedo 179; 4049-009 Porto

카페에서 만난 현지인이 추천해 준 루프탑 레스토랑이다. 그가 '일몰이
가장 아름다운 곳'이라 일러 준 곳으로 꽤 고급스러운 호텔 17층에
있다. 포르투의 오렌지색 지붕이 한눈에 들어오는데 그 풍경이 정말
너무너무 아름답더라. 이 도시엔 이렇게 높은 빌딩이 드물기 때문에
이 풍경을 독점한 것 같은 기분이었다.

Restaurante Mar Norte

R. de Mouzinho da Silveira 95, 4050-253 Porto

보너스로 소개하는 차이니즈 레스토랑. 포르투에는 한식당이 없다.
그래서 심리적 허기를 달래고 싶을 때마다 중국 요리를 찾았다. 결과는
대성공. 이상하게 유럽에서 먹은 차이니즈는 늘 맛있었다. 가격은 상상
초월하게 저렴하다. 볶음 국수와 새우 요리, 볶음밥, 수프 등을 골고루
시켜 나눠 먹으면 꿀맛.

이상하게도
포르투에 머무르는
시간이 길어질수록

나의 도시
서울에 대해
더 자주 생각하곤 한다.

Good-bye, Porto

잘 있어, 사랑하게
되고야 만 도시

5년 만의 재회

H 하경화

초반에 말했듯 포르투에 처음 갔던 건 5년 전이다. 회사에서 떠난
출장이었고, 열흘 동안 포르투갈의 주요 도시를 모두 취재해야 하는
무리한 일정이었다. 사실은 이때의 이야기를 하는 걸 그리 좋아하지
않는다. 체력적으로도 힘들었고, 심리적으로도 불안함이 큰 여정이었다.
일행이 7명이라 두 무리로 흩어져서 취재를 했는데, 나는 썩 편하지
않은 사람들과 함께 묶였다. 밥 한 끼 마음 편하게 먹지 못하는 일정의
연속이었다. 매일 밤 낯선 숙소에서 침대에 누우면 가위에 눌렸다.
리스본으로 시작해 유럽의 끝이라는 호카곶, 신트라, 오비두스,
아베이루를 돌고 포르투갈 최남단인 파로와 라고스까지 다녀왔다.
포르투갈은 구석구석 빈틈없이 아름다웠다. 아니, 당시에는 몰랐다.
나중에 사진으로 담아 온 풍경을 보고 그렇게 느꼈을 뿐이다. 잘 다룰
줄도 모르는 카메라를 들고 가서 하루 종일 쩔쩔매며 사진을 찍느라
바빴으니까.
그러다 흩어졌던 일행들과 다시 만난 곳이 포르투다. 일주일 만에
만난 선배 기자 J 앞에서 서울에 돌아가고 싶다고 엉엉 울었다. 선배는
나를 데리고 도루강으로 갔다. 지금 입이 닳도록 찬양하는 히베이라
거리와의 첫 조우였다.
우리는 동 루이스 다리 2층으로 올라가 함께 다리를 건넜다. 오렌지색
지붕들이 한눈에 들어왔다. 태어나 그렇게 멋진 풍경은 처음이었다.
포르투의 가파른 언덕 경사를 타고 건물들이 겹겹이 쌓여 있었다.
타이밍 좋게 해가 저물었다. 히베이라 거리에 피어오른 노오란
불빛들이 강물에 반사되어 고흐의 그림 같았다. 나는 그 순간부터
포르투를 사랑했던 것 같다.
그 당시 포르투갈 출장을 마치고 돌아오던 길에 이런 메모를 남겼더라.
"다신 보지 말자." 단단히 이를 갈며 돌아갔던 모양이다. 다시 이 땅을
찾는 일은 절대 없을 거라 생각했다. 그런데 서울에서의 일상이 궁지에
몰리자, 이상할 만큼 포르투에 대한 향수가 밀려들었다. 떠나지 않으면
안 될 것만 같았다.

다시 포르투로 돌아올 때는 많은 게 달라져 있었다. 당시 포르투갈
출장에 함께했던 혜민이는 나의 동업자 에디터M이 되어 있었고,
우리는 이제 많은 것을 직접 선택하는 입장이 되었다. 솔직히 말하자면
사뭇 오만한 마음마저 들었다. 누구의 눈치도 볼 필요 없이 우리
힘으로 여길 왔다. 대단해, 대단해.

실제로 한 달을 보내고 나서는 그런 도취감에서 완전히 벗어났다.
우린 대단하지 않았다. 여전히 누군가의 시선에 질질 끌려 다니고
있었고, 스스로 세운 기대를 채우지 못해 숨이 막혔다. 순간순간 분명
행복했지만, 카메라 뷰 파인더에 갇혀 있는 것 역시 똑같았다.

포르투 한 달 살이가 끝나 갈 즈음, 모두 다 같이 히베이라 거리를
찾았다. 사실 이 거리는 진짜 관광지이기 때문에 어떤 레스토랑을
가도 맛이나 가격이 썩 반갑지 않다. 하루 이틀 머무르는 관광객들이나
식사하는 곳이라고 생각했는데, 그날 밤엔 우리도 가장 뻔한 곳에서
야경을 보며 식사하고 싶더라.

동 루이스 다리의 불빛이 제일 잘 보이는 레스토랑 야외 자리에 앉았다.
이것저것 잔뜩 주문했지만 기가 막히게 맛있는 건 없었다. 대신 와인
안주 삼기 좋은 음악이 있었다. 콧수염이 근사한 아저씨가 라이브로
노래를 불러 주고 있었다. 그런데 이 풍경, 이 목소리가 너무나 낯익은
것이다. 혹시나 싶어 5년 전 사진을 찾아보니 내 기억이 맞았다.
그 힘들었던 출장, 도루강을 처음 걸었던 그날 만났던 거리의 악사였다.
모든 게 그대로였다. 아저씨는 똑같은 자리에서 똑같은 기타를
들고 똑같은 목소리로 노래하고 있었다. 나는 그 사실 자체가 너무
감격스러워 약간 울 것 같았다.

아저씨에게 사진을 보여 드리며 호들갑을 떨었다. 우리가, 이렇게,
다시 만났다고. 아저씨는 조용히 씨익 웃었다. 그리고 루이 암스트롱의
'What a wonderful world'를 'What a wonderful porto'로 개사해 불러
주었다. 생각해 보면 그에겐 신기할 것도 없는 일이었다. 언제나 항상
그 자리에서 노래하고 있었을 테니까.

아저씨는 우리 자리를 보며 익숙한 팝송 몇 곡을 더 들려주었고, 재주
많은 에디터 기은이 잠시 기타를 뺏어 들고 짧은 연주를 선보이기도
했다. 지나가는 사람들 모두 박수를 보냈다. 어떤 갈등도, 고민도
없는 밤이었다. 오늘 밤이 지나면 떠나 버릴 여행자들이 모여 똑같이
공평하게 행복한 밤.
서울로 돌아와서도 때때로 그날 밤을 떠올린다. 그때 찍어 온 동영상을
가만히 들여다보기도 한다. 오늘 밤에도 기타를 연주하고 있겠지. 내가
사는 도시에선 모든 것이 너무 빠르게 변해 버리는데, 멀고 먼 도시의
한쪽 골목엔 변하지 않는 것이 있다는 안도를 느끼면서. 변하지 않는
게 하나라도 있다면 다시 그때로 돌아갈 수 있을지도 몰라.
책을 쓰고 있는 지금은, 내게 포르투를 처음 보여 줬던 선배가
그때만큼 건강하지 않다. 하지만 어떤 것들은 다시 돌아가기
마련이니까, 그대로인 것들이 있다면 우린 언젠가 같이 다시
도루강가를 걸을 수 있겠지.

노인을 위한 도시는 있나

H 하경화

사람 사는 곳이 다 그렇겠다마는 포르투 사람들은 내 나라의
사람들과 무척 닮기도 했고 아주 다르기도 했다. 길거리를 걸으며
생소한 풍경에 감탄하다가도 어떤 날은 서울에서와 똑같은 감정을
느꼈다. 오늘 얘기하고 싶은 건 이 도시의 노인에 대한 에피소드다.
왜 포르투까지 가서 노인들의 모습을 들여다보고 있냐고? 그도
그럴 것이 여긴 노인이 정말 많다. 특히 우리 집 앞거리는 더욱
그렇다. 평일 낮에는 창밖으로 백발이 성성한 할머니들만 스쳐
지나간다. 집 앞 마트에서 나와 함께 감자를 주워 담는 건 주름진
할아버지의 손이다. 낮에 빨래를 널러 테라스에 나가면 옆집
사람들과 눈이 마주치곤 한다. 새하얀 머리의 노부부다. 그들의
걸음걸이를 보며 세월을 유추해 본다. 우리 할매보다 많을까 적을까.
한국에 있는 우리 할매는 아흔셋. 그들은 언제 태어난 사람일까.
나이 드는 것에 대해 한참 생각했다. 결론이나 깨달음은 없다. 그저
이방인의 눈으로 발췌한 몇 가지 풍경을 전한다.

1

우리 집 앞에는 작은 공원이 있다. ‹Garden of ST. Lazarus›라는 곳이다.
뒤늦게 알았지만 전쟁 이후 여성들의 노고를 기리기 위해 만든
공원이라더라. 학교 운동장쯤 될 법한 아담한 크기인데 참 아름답다.
빛바랜 붉은색 벤치와 새파란 잔디가 깔려 있다. 오래된 나무가 많아서
천천히 산책하면 햇살과 그늘이 교차로 머리 위를 스친다.
어느 도시나 휴식이 있는 곳엔 온갖 인간 군상이 모여 있는 법. 평일
낮에 처음 갔을 땐 조금 무섭다고 생각했다. 공원 입구에선 유럽의
골목길이 다 그렇듯 지린내가 풍겼다. 드문드문 풀밭을 침대 삼아 잠든
노숙인도 보였다.
가장 압도적이었던 것은 떼를 이루고 있는 노인들. 정확히 말하면
할아버지들이었다. 한 무리에 열댓 명. 공원 곳곳에 동그랗게 네다섯
무리의 할아버지 길드가 있었다. 몇몇은 꽤 차려입고 있었고, 몇몇
얼굴은 험상궂기도 했다. 행색은 다르지만 나이가 비슷한 사람들이
모인 일종의 '커뮤니티'로 보였다.
동그란 원 안에서는 뭔가 대단한 일이 일어나고 있는 것 같았다.
모두의 표정이 진지했다. 게다가 그 광경은 매일 반복됐다. 더러는
서로 언성을 높이는 일도 있었다. 공원 앞을 지날 때마다 호기심에
시달렸지만 섣불리 다가갈 수 없었다.
용기를 내서 할아버지들의 무리에 들어가 본 건 시간이 많이 지난
뒤였다. 조심스럽게 다가가니 의외로 웃으며 반긴다. 까만 머리
여자들의 등장에 놀란 표정을 짓는 노인도 있었지만 이내 본업에
집중한다. '포토'라는 말에 고개를 끄덕이며 웃는 분도 있었다.
덕분에 좋은 사진을 얻었다. 할아버지들은 금 간 플라스틱 테이블
위에서 카드 게임 중이었다. 너덜너덜한 트럼프 카드가 테이블
위를 날아다녔다. 포커인지 무엇인지는 알기 어려웠다. 가장
서글서글한 할아버지가 계속해서 카드 게임의 룰을 설명해 주셨지만
포르투갈어라 전혀 알아들을 수 없었다. 그분에게 우리가 전달할 수
있는 포르투갈어는 "우리는 한국인이다"뿐이었다.
가까스로 얻은 정보는 하나였다. 이 카드 게임은 돈 내기가 아니라는 것.
공원 여기저기에 흩어진 테이블마다 한 명이 승패를 노트에 받아 적고
있었다. 종로 출근 시절 매일 지나치던 탑골공원이 떠오른다. 노인들이
한 곳으로 모이는 데는 특별한 이유랄 것이 없었다. 일어나면 자연스레
하루를 보내는 곳, 거기가 그들의 사회였다.

2

공원에서 만난 할아버지들의 모습이 '이 도시의 노인'이라고 단정
지어질 때쯤 새로운 풍경이 눈에 들어오기 시작했다. 나중에야
깨달았지만 이 거리엔 노인만 있는 게 아니었다. 젊은이들이 모이는
거리와 가게가 따로 있었을 뿐. 내가 포르투 전통 음식에 열광하며
정어리 구이와 문어 요리를 탐닉할 때, 포르투의 젊은이들은 샐러드와
베지테리언 샌드위치를 먹으며 다른 골목에 숨어 있었다. 서울로 치면
'하동관'만 찾아다니며 '왜 서울엔 나이 든 사람만 있지?'라고 생각하는
것과 같은 이치다.

그런데 재밌는 건 '젊은이들이 많이 모이는 가게'는 있지만, '젊은이들만
모이는 가게'는 없다는 것이다. 집 근처에서 찾은 근사한 바가 있다.
입구가 좁고 후줄근해서 별 생각 없이 찾았던 곳이다. 그런데 문을
열고 들어갔더니 얼마나 멋지던지.
힙스터 교과서에서 튀어나온 것 같은 바텐더와 공간마다 분위기를
다르게 한 인테리어는 정말 기가 막혔다. 모처럼 발견한 멋진 가게에
신나서 여기저기 얼빠진 표정으로 둘러보고 있는데, 뭔가 이상한
기분이 들더라. 대부분은 내 또래의 젊은이였지만 다양한 연령대의
사람들이 음악과 술을 즐기고 있었다. 옥상 테라스로 올라가는 계단
앞에선 헐렁한 셔츠를 입은 20대 남자와 할아버지가 열띤 대화
중이었다. 생소한 풍경이라 나도 모르게 시선이 멈췄다.
테라스에는 8명쯤 되는 단체 손님이 있었는데 그 무리의 연령대도
다양했다. 새하얀 수염의 할아버지도 있었고, 눈썹 위로 껑충 올라간
앞머리의 젊은 여자도 있었다. 그들은 쉬지 않고 대화를 했다. 너무도
자연스럽게. 이 세상의 모든 대화가 그렇듯이.
그 순간 내가 서울에서 주로 가는 술집과 카페를 떠올려 보았다.
성수동의 미슐랭 레스토랑, 해방촌의 펍, 상수동의 이자카야. 내가
열광하는 멋진 분위기와 힙한 인테리어의 단골집엔 백발이 성성한
노인들이 들어오는 것을 본 적이 없다. 마치 금단의 영역처럼 우리에겐
세대를 가로지르는 견고한 배리어가 있으니까. 하다못해 20대와
30대를 가르는 빗금 또한 우스울 만큼 명확하다.
나 역시 20대에 한창 찾던 술집을 서른 넘어선 간 적이 없다. 취향이
달라지고 마시는 술이 달라진 것도 이유겠지만, 이제는 그곳을 찾는 게
그냥 머쓱하다. 주책맞게 어울리지 않은 옷을 입은 것처럼 말이다.
포르투 번화가로 쇼핑을 나섰던 날, 손바닥만 한 크롭티와 에코백을
파는 매장에서 한 할머니가 진지하게 옷걸이를 뒤적이며 쇼핑하는
걸 보았다. 에디터M이 다가와 참 보기 좋은 모습 아니냐며, 본인도
저렇게 나이 들고 싶다 한다. 그러게, 참으로 그렇다.
이 동네에선 금단의 영역이 없다. 20대의 사회와 80대의 다른
사회가 있긴 하지만, 서로가 침범 못할 영역이 아닌 것이다. 그리고
한국에서라면 이런 모습을 어떻게 바라봤을지 다시 생각해 본다.

3

마지막 에피소드는 히베이라 광장이다. 포르투 최고 관광지인 이곳의
백미는 레스토랑 앞이나 도루강가 앞 곳곳에서 노래를 부르고 악기를
연주하는 아티스트. 하루는 현지인(으로 추측되는) 할머니가 악사
앞에서 춤을 추기 시작했다. 주책스럽고도 귀여운 할머니였다. 순간
지켜보는 사람들이나 점원들이 곤란해하지 않을까 생각했다. 그런데
금세 누군가가 와서 할머니와 팔을 맞잡고 춤을 춘다. 강렬한 댄스파티
뒤에는 진한 포옹이 남았다.

우리는 와인잔을 부딪치며 이 도시가 노인을 대하는 태도에 대해
이야기했다. 두려워하지도 기피하지도 않고 편안하게 다가가는
모습. 전혀 다른 시대에 태어난 사람들과 진짜 대화를 나눌 수 있는
모습. 거기까지 얘기하다가 눈물이 헤픈 나는 조금 울먹였다. 이유는
설명하기 힘들다. 나의 오두방정을 싫어하는 에디터M이 곤란한 듯
코를 찡긋거렸기 때문에 금방 그쳤지만.
이 도시에 머무는 동안 나의 청춘을 기록하기보다는 어떻게 나이들
것인지에 대한 고민을 많이 했다. 나는 할머니가 된다면 이런 풍경
속에서 나이 들고 싶다. 멋진 가게에서 칵테일을 마시며 주눅 들지
않고, 나와 다른 것을 느끼는 세대와 여전히 대화하고 싶다. 그러다
또다시 아흔셋인 우리 할매를 떠올린다. 할머니의 세계가 좁은 건
무릎이 아파서가 아니다. 방 밖의 세계가 노인에게 어울리지 않는다고
생각하기 때문이다. 그녀에게 몇 번의 봄이 남았는가를 생각해 본다.
할머니에게 포르투를 보여 드리지 못해서 마음이 아프다. 이 도시에서
목격한 노인에 대한 기록은 여기까지.

떠나는 날

M 이혜민

포르투에 이틀째 비가 내린다.
그럴 리가 없지만 이 도시도 우리가 떠나는
걸 슬퍼하고 있는 것 같다. 그제까지는 정말
쨍쨍했다. 물론 비 오는 포르투도 충분히
아름답다. 비가 오면 도시는 물먹은 것처럼
색이 한 톤 죽는다. 공기는 마치 차갑고
부드러운 손을 가진 사람과 악수하는 것 같다.
이상한 일이지. 비가 오니 한국 생각이 난다.
엄마가 보글보글 끓여 준 김치찌개, 동네
포장마차에서 파는 진득한 떡볶이 국물을
묻혀 먹는 순대와 어묵 국물. 냉면 그리고 또…
여행자의 마음은 이리도 간사하다. 그제까지만
해도 여기서 남은 날을 손가락으로 세며
흐르는 시간을 안타까워했다. 그런데 지금은
얼른 돌아가고 싶은 마음뿐이다. 정말 돌아갈
때가 되긴 한 걸까.
포르투를 떠나는 마지막 날. 택시를 타고
시내를 가로지르던 때였다. 기묘한 기시감이
들었다. 친구처럼 가깝다고 생각했던 도시와
익숙했던 거리가 처음 도착했을 때만큼
멀어져 있었다.

다시 난 이방인이었다.

H 에필로그

H 하경화

포르투에 다녀온 지 벌써 1년이 조금 넘었다. 나는 그곳에서
행복하면서도 불행했다. 평생 겁쟁이로 살았던 내가 그 먼 곳으로
모험을 떠났다는 사실에 들떴고, 행복했다. 그냥 그 도시 자체가 주는
아름다움이 있어 행복했다. 좋은 순간을 카메라로 충분히 담을 수
있었고, 좋은 사람들과 함께 축배를 들 수 있어서 행복했다.
하지만 동시에 혼자였으면 얼마나 좋았을까 싶은 순간도 많았다.
아무리 서로를 아껴도 호적도 공유하지 않은 누군가와 30일을 부비고
사는 것은 쉽지 않은 일이다. 아니, 함께 살다 보면 평생을 같이 산
가족과도 다투게 되는 걸. 때로는 신발을 신발장에 넣지 않았다는,
유치할 만큼 사소한 일 때문에 말이다. 포르투에서도 마찬가지였다.
하루는 모두가 웃고 떠드는 사이 혜민이가 모든 집안일과 뒷정리를
해야 했다. 똑같이 집안일에 익숙하지 않은 우리는 아무도 도와주지
않았다. 몰랐던 것이다. 밥을 먹고 나면 정리를 해야 하고, 누군가는
먼저 나서야 한다는 걸. 본래 무슨 일이든 묵묵히 혼자 하는
혜민이조차 마음이 상했다. 좀처럼 하지 않는 쓴소리를 했다. 같이
지내는 공간이니 함께 하는 게 좋을 것 같다고. 그게 끝이었다.
우리는 한 번도 제대로 다투지 않았다. 그럴 시간도 없었고, 여유도
없었다. 이곳에 있기 때문에 무조건 행복하고 즐거워야 한다는
압박감에서 자유롭지 못했다.
이제는 시간이 많이 흘러 포르투에서 지난 시간이 액자 속에 들어간
사진처럼 멀게 보인다. 사진과 영상 속에 남은 기록은 온통 웃고
떠드는 것들뿐이어서 나쁜 것은 잘 기억도 나지 않는다. 그렇지만
분명히 알고 있다. 완벽한 여정은 아니었다.
떠나기 전에는 이렇게 생각했다. 유럽의 아름다운 도시에 가서 한 달을
살다 오는 건 멋진 경험이고, 힐링이라고. 다들 부러워할 거라고. 함께
가는 촬영 감독 C와 막내 에디터인 기은에게도 분명 특별한 기억이
될 거라고 자신했다. 내가 사랑하는 이 역사 깊은 도시가 그들에게도
와 닿을 것을 의심하지 않았다.

그러나 현실은 달랐다. 미래에 대해 생각할 시간이 필요하다며 한국의
일을 뒤로하고 우리 여정에 합류한 촬영 감독 C는 자아를 찾을 시간은
조금도 갖지 못했다. 너무 바빴기 때문이다. 기은이는 포르투라는
도시에 큰 감흥을 느끼지 못했다고 했다. 다들 힘들어 보였다. 나는
그 사실이 섭섭했고 초조했다. 어떻게라도 만회해 보려고 발버둥을
쳤다. 형편없는 여행 가이드가 된 것 같아 비참했다.
사실은 그럴 만한 일이 아니었다. 섭섭해하거나 해결책을 찾는 것
자체가 잘못된 일이었다. 왜냐면 내가 애쓴다고 해서 상황이 바뀔
수 있는 게 아니었으니까. 결국 나는 누구도 의도하지 않은 불필요한
스트레스를 혼자 껴안았다. 내가 포르투에 오자고 했는데, 그게 모두를
불행하게 만든 건 아닐까. 주책을 부렸나. 이 도시로 오자고 한 내가
나빴나. 한 달 살기는 내 자존감을 지키기 위한 독선이었나. 누군가
아플 때마다, 뭔가 일이 잘못될 때마다, 속으로 파르르 떨었다. 그러다
한국에 갈 시간이 왔다.

돌아오기 직전의 기분은 정말 설명할 수가 없다. 드디어 끝났다는
안도와 영원히 돌아가고 싶지 않다는 마음이 교차했다. 감독 C는
우리보다 하루 먼저 귀국했다. 세 여자가 남았다. 마지막 밤엔 이른
식사를 마치고 들어와 사무실이었던 이층집 곳곳의 흔적을 정리했다.
실수로 페인트칠이 벗겨진 부분이 있어서 호스트에게 연락해
양해를 구했다. 그는 전혀 문제가 아니라며 포르투에서 좋은 추억을
남겼기를 바란다고 했다.
쓰레기를 서너 번 비우고, 화장실을 정리했다. 숙제처럼 들고 다니던
카메라도 모두 챙겨 가방에 넣었다. 배터리, 외장 하드, 멀티 탭,
삼각대, 노트북, 촬영 장비까지 정리했다. 사무실로 사용했던 거실을
원래처럼 깨끗하게 비워 냈다. 디에디트 포스터와 401호 간판을
뜯어내고 나니 다시 낯선 남의 집처럼 보였다.
냉장고에는 아직도 남은 먹거리가 가득이었다. 마지막이라는 생각에
와인과 먹거리를 양껏 들고 나와 거실에 모였다. 한 달 동안 본
적 없는 한국 TV 프로그램을 함께 보기 시작했다. 기은이가 요즘
한국에서 유행하는 프로그램이라며 소개해 준 것이었다.
8명의 남녀가 같은 집에 살며, 연애를 한다는 쌈박한 내용이었다.
남은 와인을 마시면서 키득댔다. 누구랑 누구랑 잘 될 것 같다는
사주팔자 같은 이야기를 늘어놓으면서. 그 순간에는 모든 게
평화롭고 마음이 간지러웠다. 이상할 만큼 즐거웠다. 들뜨고 설렜다.
이제 다시 여행을 시작하는 사람들처럼.

아침 비행기라 다음 날 새벽 5시에 집을 나섰다. 걸어 다니면
삐걱삐걱 소리가 나는 나무 바닥. 어두침침한 나선형 계단. 모든 게
마지막이었다. 방 문 앞에 한 달 동안 신던 2유로짜리 실내화를 벗어
두고 나왔다. 꽃무늬 천을 누벼서 만든 가벼운 슬리퍼였다. 남대문
시장 앞 리어카에서도 팔 법한 물건이었지만, 그걸 벗어 두고 나오려니
떠난다는 게 정말 실감 났다. 초록색 문 앞에 다시 세 여자, 그리고
몸집만 한 다섯 개의 캐리어. 서울을 떠나올 때와 똑같았다.

포르투에서 한 달 동안 살고 오면 많은 게 변할 거라고 믿었다. 허나 변한 게 하나도 없었다. 지쳐 버린 몸과 마음을 회복하고 싶었는데, 배로 지쳐서 돌아왔다. 서울에선 빚쟁이처럼 쌓인 일이 기다리고 있었다.

그리고 작년 연말이었나. 반년쯤 지나 포르투의 기억이 흐릿해질 무렵 에디터 기은이 그랬다. 어젯밤에 포르투에서 찍은 우리 영상 〈어차피 일할 거라면〉 시리즈를 처음부터 다시 봤는데 너무 좋았다고. 그 말을 듣고 셋이 모여 정주행을 시작했다.

때마침 리뷰하던 100인치 프로젝터로 사무실 벽 한쪽에 거대한 영화관을 만들었다. 우리가 기획하고, 출연하고, 편집까지 한 영상이건만 김치를 담그고, 도루강을 달리고, 소매치기에 울고, 와인을 마시고, 셋이 나란히 걷는 걸 보니 낯설었다.

"우리 참 좋았던 것 같아요." 기은의 말에 셋 다 고개를 끄덕였다. 그 말 한마디로 모든 게 완전해졌다. 저 영상을 만드느라 얼마나 힘들었는지 같은 건 까맣게 지워졌다.

이층집에 처음 들어서던 그 순간. 아름다운 발코니에 서서 밖을 바라보던 기분, 집 앞 카페에 들어갈 때 나던 향기, 자정 무렵 테라스에서 마시던 포트와인, 혜민이가 피우던 시가 연기, 기은이와 달리던 아침 8시의 도루강, 인사를 건네는 마트 아저씨의 포르투기스 특유의 악센트. 코에 닿을 듯 선명한 향기가 느껴졌다. 다시 떠나고 싶어졌다.

만나는 사람마다 물었다. 디에디트가 포르투에 다녀온 거 봤다, 좋았냐, 행복했냐, 어땠냐. 나는 대답했다. 포르투는 아름다웠고, 우리는 치열하고 힘들었다. 한 달은 너무 짧았으며, 디지털 노마드는 생각처럼 쿨한 일이 아니었다. 마냥 행복하진 않았다. 하지만 시간을 다시 돌려도 포르투로 떠날 것이다. 정말로.

어쩌면 이것은 도망의 기록

M 이혜민

얼마 전 나는 디에디트를 시작하고 가장 큰 위기에 놓였다. 자세한 건 밝힐 순 없지만 화가 머리끝까지 치밀어 오르던 그런 날이었다. 차마 쓸 수 없는 욕을 마음속으로 누군가에게 해대고 마음이 떨려서 앉지도 서지도 못한 채로 사무실을 서성였다. 마음이 그네처럼 요동치고 몸과 마음이 잘못된 추상화처럼 일렁거렸다.

왜 그런지 모르겠지만 포르투 영상을 정주행하기 시작했다. 딱 일 년 전 내 모습을 보는 건 참으로 이상한 기분이었다.

사람들이 "포르투에 다녀오신 것 봤어요. 너무 부러워요"라는 말을 건넬 때마다 나는 웃지도 못하고 울 수도 없는 어린아이의 표정이 된다. 하지만 난 어른이니까 얼른 가면을 쓰고 대답한다. 감사합니다. '너무 힘들었어요'라는 본심을 이야기할지 아니면, 다른 말을 해야 할지는 답해야 할 상대방에 따라 달라진다. 우리는 그곳에 왜 갔던 걸까. 수많은 인터뷰를 진행하면서 말했던 포장의 말들을 읊어 댈 수도 있지만 적어도 내 책에서만큼은 그러고 싶지 않다.

돌이켜 보면 우리의 포르투행은 철없고 약한 두 여자가 낭만을 찾아 도망친 것이었다. 절반은 실패하고 절반쯤은 성공한 이 프로젝트에서 우리가 어떤 것을 깨달았어야 했는지는 모르겠다. 이 책은 그냥 그 순간의 기록에 가깝다. 다시 들춰 보면 한없이 마음이 무너지기도 하고 말랑말랑해지기도 하는, 온갖 감정이 휘몰아치는 이야기.

이 책을 만드는 작업은 생각보다 오래 걸렸다. 이미 대부분의 원고는 웹 사이트에 있어요. 그러니까 금방 나올 수 있습니다. 호언장담하던 때도 있었지만, 그건 내 오만이었다.

사실 차분히 앉아 책에 실릴 글을 쓴 적도 그리 많지 않다. 그곳에 대해 생각하면 너무도 복잡한 기분이 들기 때문이다. 돌아오자마자 현실이란 것이 내 몸을 송두리째 휘두른 탓도 있고.

그러니까 마음을 가다듬고 정리하자면 두 여자가 포르투로 도망친 이야기를 읽어 주고 공감하고 함께 호흡하며, 기어이 이 마지막 글까지 읽어 주고 계신 독자 분들에게 커다란 감사를 전한다. 도망치고 싶은 순간은 여전히 많다. 그리고 그럴 때마다 우아하게, 쿨하게 대처하지 못하고 번번이 괴로워한다.

하지만 바닥을 치고, 지하를 뚫고 내려간다 해도 포르투의 기억이 있어 괜찮다. 도저히 버틸 수 없으면 삶을 송두리째 낯선 곳으로 옮겨도 되는 걸 알고, 낯선 곳에서의 생활이 꿈꿨던 만큼 달콤하지 않아 불안할 것을 알고, 그래서 머리를 뜯으며 괴로워할 것도 알고…! 그러다 보면 마음이 다시금 차분해진다. 마음만 먹으면 떠날 수 있는 용기도, 떠나는 것만이 답이 아닌 것도 배웠으니까. 이런 방향일지는 몰랐으나 이것이 포르투 한 달 출근의 순기능이다. 또한 행복했던 순간에 눈을 마주치고 함께 웃어 준, 다정히 이야기를 나누어 준 디에디트 동료들에게도 이 자리를 빌려 감사의 인사를 전한다.

지금 우리는 어렴풋이 어딘가로 떠날 계획을 품고 있다. 에디터H는 혼자 떠나고 싶다고도 이야기한다. 분명한 것은 그 여행은 도망치듯 떠나가는 건 아닐 것이다.

다시 본 그곳에서의 나는 참 행복해 보인다.

그리움을 안다는 건
인간으로 사는
큰 낙이다.
다시 볼 수 없을지도
모른다는 아련함.
지나간 순간의
느낌이나 냄새, 소리
같은 것들이 닿을 듯
느껴지는 향수.

서른 밤을 지냈던
먼 도시를 마음껏
그리워하며
이 책을 썼다.